고블린 도깨비 시장

고블린 도깨비 시장

크리스티나 로세티

정은귀 옮김

GOBLIN MARKET
CHRISTINA ROSSETT

차례

"그 금빛 머릿결을 주고 사면 되지요."
로라는 그 귀한 금발을 삭둑 잘랐어요. —「고블린 도깨비 시장」에서

GOBLIN MARKET

Morning and evening
Maids heard the goblins cry:
"Come buy our orchard fruits,
Come buy, come buy:
Apples and quinces,
Lemons and oranges,
Plump unpeck'd cherries,
Melons and raspberries,
Bloom-down-cheek'd peaches,
Swart-headed mulberries,
Wild free-born cranberries,
Crab-apples, dewberries,
Pine-apples, blackberries,
Apricots, strawberries; —
All ripe together
In summer weather, —
Morns that pass by,
Fair eves that fly;
Come buy, come buy:
Our grapes fresh from the vine,
Pomegranates full and fine,
Dates and sharp bullaces,

고블린 도깨비 시장

아침저녁으로
아가씨들은 들었어요, 도깨비들이 외치는 소리를.
"우리 과수원 과일 좀 사러 오세요,
어서 와 사요, 어서 와 사요.
사과와 모과,
레몬과 오렌지,
흠집 하나 없는 통통한 자두,
멜론과 라즈베리,
붉은 뺨 복슬복슬 복숭아,
까만 머리를 한 오디,
제멋대로 자란 야생 크랜베리,
야생 능금, 나무딸기,
파인애플, 블랙베리,
살구, 딸기; ―
여름 날씨에
다 함께 잘 익어, ―
지나는 아침에
날아가는 상큼한 저녁에
어서 와서 사세요, 어서 와서 사세요,
덩굴에서 막 딴 싱싱한 포도,
큼직하게 잘 익은 석류,
대추야자, 톡 쏘는 야생 자두,

Rare pears and greengages,
Damsons and bilberries,
Taste them and try:
Currants and gooseberries,
Bright-fire-like barberries,
Figs to fill your mouth,
Citrons from the South,
Sweet to tongue and sound to eye;
Come buy, come buy."

Evening by evening
Among the brookside rushes,
Laura bow'd her head to hear,
Lizzie veil'd her blushes:
Crouching close together
In the cooling weather,
With clasping arms and cautioning lips,
With tingling cheeks and finger tips.
"Lie close," Laura said,
Pricking up her golden head:
"We must not look at goblin men,
We must not buy their fruits:

귀한 배와 녹색 자두,
작은 자두와 빌베리,
향내도 맡아 보고 맛도 보세요,
까치밥나무 열매와 구스베리,
환한 불꽃 같은 바베리,
입 안 가득 채울 무화과,
남국에서 온 유자,
혀에는 달콤하고 눈에는 좋은 것들
어서 와 사요, 어서 와 사요."

저녁마다
개울가 골풀 사이로
로라는 고개를 숙이고 그 소리를 들었어요.
리지 언니가 로라의 빨개진 낯을 가려 주었어요:
추운 날
뺨도 얼얼, 손가락 끝도 얼얼,
팔짱을 끼고 입술을 오므린 채
함께 웅크리고 앉아서는.
"바싹 붙어라." 로라가 말했어요,
황금빛 머리를 감싸며:
"우린 고블린 도깨비들을 보면 안 돼.
우리는 그이들 과일을 사면 안 돼.

Who knows upon what soil they fed
Their hungry thirsty roots?"
"Come buy," call the goblins
Hobbling down the glen.
"Oh," cried Lizzie, "Laura, Laura,
You should not peep at goblin men."
Lizzie cover'd up her eyes,
Cover'd close lest they should look;
Laura rear'd her glossy head,
And whisper'd like the restless brook:
"Look, Lizzie, look, Lizzie,
Down the glen tramp little men.
One hauls a basket,
One bears a plate,
One lugs a golden dish
Of many pounds weight.
How fair the vine must grow
Whose grapes are so luscious;
How warm the wind must blow
Through those fruit bushes."
"No," said Lizzie, "No, no, no;
Their offers should not charm us,

자기들 배고프고 목마른 뿌리를
어떤 흙으로 어찌 키웠는지 누가 알아?"
"어서 와서 사세요." 고블린들이 부르네요,
계곡 따라 절룩절룩 내려오며.
"아," 리지가 외쳤어요. "로라, 로라,
너 고블린 도깨비들 훔쳐보면 안 돼."
리지 언니가 로라의 눈을 가렸어요.
훔쳐보지 않도록 꼬옥 가렸어요.
로라가 윤기 나는 머리카락을 쓸더니
들썩이는 개울물처럼 속삭였어요.
"봐, 리지 언니, 봐, 봐, 언니야.
계곡 아래 작은 남자들이 걸어 다니네.
하나는 바구니를 끌고
하나는 접시를 들고
하나는 무거운
황금 접시를 나르고 있네.
포도 덩굴은 얼마나 아름다운지,
포도가 너무 먹음직스러워.
과일 덤불 사이로 부는 바람은
또 얼마나 따사로운지."
"안 돼," 리지가 말했어요. "안 돼, 안 돼, 안 돼,
꼬드김에 넘어가면 안 돼,

Their evil gifts would harm us."
She thrust a dimpled finger
In each ear, shut eyes and ran:
Curious Laura chose to linger
Wondering at each merchant man.
One had a cat's face,
One whisk'd a tail,
One tramp'd at a rat's pace,
One crawl'd like a snail,
One like a wombat prowl'd obtuse and furry,
One like a ratel tumbled hurry skurry.
She heard a voice like voice of doves
Cooing all together:
They sounded kind and full of loves
In the pleasant weather.

Laura stretch'd her gleaming neck
Like a rush-imbedded swan,
Like a lily from the beck,
Like a moonlit poplar branch,
Like a vessel at the launch
When its last restraint is gone.

그이들 사악한 선물은 우리를 해칠 거야."
리지는 오동통 주름진 손가락으로
양쪽 귀를 막고 눈을 감고 내달렸어요.
호기심 많은 로라는 남아서
상인들을 관찰했지요.
하나는 고양이 얼굴,
하나는 꼬리를 휙휙,
하나는 쥐처럼 우당탕탕
하나는 달팽이처럼 기어가고 있고
하나는 둔한 털복숭이 웜뱃처럼 어슬렁
하나는 오소리처럼 허둥지둥 종종걸음
로라는 다 함께 구구구구 하는
비둘기 같은 음성을 들었어요.
기분 좋은 날씨에 이들은
모두 친절하고 사랑 넘치는 목소리였어요.

로라는 희디흰 목을 쭉 뻗었어요
골풀에 끼인 백조처럼
개울가 백합처럼
달빛 비치는 포플러 가지처럼
막 출항하는 배처럼 말이예요
마지막 인내심이 바닥났거든요.

Backwards up the mossy glen
Turn'd and troop'd the goblin men,
With their shrill repeated cry,
"Come buy, come buy."
When they reach'd where Laura was
They stood stock still upon the moss,
Leering at each other,
Brother with queer brother;
Signalling each other,
Brother with sly brother.
One set his basket down,
One rear'd his plate;
One began to weave a crown
Of tendrils, leaves, and rough nuts brown
(Men sell not such in any town);
One heav'd the golden weight
Of dish and fruit to offer her:
"Come buy, come buy," was still their cry.
Laura stared but did not stir,
Long'd but had no money:
The whisk-tail'd merchant bade her taste

이끼 긴 계곡 뒤쪽 위로
고블린 도깨비들이 몰려오고 있네요,
쨍쨍한 소리로 반복해서 외치며.
"어서 와 사요, 어서 와 사요."
로라가 있는 곳에 도착하자
고블린 사람들은 이끼 위에 꼼짝 않고 서서
서로를 흘겨보면서
괴상한 형제처럼
은밀한 형제처럼
서로 이상한 신호를 주고받았죠.
하나는 바구니를 내려놓고
하나는 접시를 세웠고
하나는 덩굴손, 나뭇잎, 우둘투둘 갈색 열매들로
왕관을 만들기 시작했고요.
(인간들은 읍내에서 이런 걸 절대 안 팔지요.)
하나는 묵직한 황금 접시와 과일을
로라에게 내밀었어요.
"어서 와 사요, 어서 와 사요." 여전히 외쳤고요.
로라는 빤히 쳐다보고선 꼼짝도 안 했어요.
사고 싶었지만 돈이 없었어요.
털복숭이 꼬리의 상인이

In tones as smooth as honey,

The cat-faced purr'd,

The rat-faced spoke a word

Of welcome, and the snail-paced even was heard;

One parrot-voiced and jolly

Cried "Pretty Goblin" still for "Pretty Polly;" —

One whistled like a bird.

But sweet-tooth Laura spoke in haste:

"Good folk, I have no coin;

To take were to purloin:

I have no copper in my purse,

I have no silver either,

And all my gold is on the furze

That shakes in windy weather

Above the rusty heather."

"You have much gold upon your head,"

They answer'd all together:

"Buy from us with a golden curl."

She clipp'd a precious golden lock,

She dropp'd a tear more rare than pearl,

Then suck'd their fruit globes fair or red:

꿀처럼 달콤한 목소리로 꼬드겼어요,
고양이 얼굴의 상인은 가르릉,
들쥐처럼 긷는 상인은 환영의 인사
한마디, 달팽이 같은 느림보 상인의 소리도.
어떤 앵무새 목소리가 즐겁게 외치네요.
"어여쁜 폴리"를 위한 "어여쁜 고블린" ─
어떤 목소리는 새처럼 짹짹.

하지만 단것을 좋아하는 로라는 얼른 말했어요.
"여보세요, 저는 돈이 한푼도 없어요.
제가 가져가면 그건 도둑질.
제 주머니엔 땡전 한 푼 없어요.
은전도 물론 없고요.
저의 금은 모두 억센 히스 관목 너머로
바람 부는 날씨에 흔들리는
가시금작화 위에 있어요."
"아가씨는 머리에 금이 많네요."
고블린들이 한목소리로 대답했어요.
"그 금빛 머릿결을 주고 사면 되지요."
로라는 그 귀한 금발을 삭둑 잘랐어요.
로라는 진주보다 귀한 눈물 한 방울 톡 떨어뜨렸어요.
그러곤 어여쁘고 붉은 고블린 과일을 정신없이 먹었죠.

Sweeter than honey from the rock,

Stronger than man-rejoicing wine,

Clearer than water flow'd that juice;

She never tasted such before,

How should it cloy with length of use?

She suck'd and suck'd and suck'd the more

Fruits which that unknown orchard bore;

She suck'd until her lips were sore;

Then flung the emptied rinds away

But gather'd up one kernel stone,

And knew not was it night or day

As she turn'd home alone.

Lizzie met her at the gate

Full of wise upbraidings:

"Dear, you should not stay so late,

Twilight is not good for maidens;

Should not loiter in the glen

In the haunts of goblin men.

Do you not remember Jeanie,

How she met them in the moonlight,

Took their gifts both choice and many,

바위틈에서 나온 꿀보다 더 달콤하고
인간이 즐기는 와인보다 더 강력하고
그 와인이 흐르는 강물보다 더 깨끗한 것;
예전에는 한 번도 먹어 보지 못했으니,
아무리 먹는다 해도 어찌 물리겠어요?
로라는 미지의 과수원이 낳은 과일들을
먹고, 먹고, 또 먹었어요.
입술이 아릴 때까지 계속 먹었어요.
그러곤 빈 껍질들을 내던졌는데,
씨 알맹이 하나는 거두어 넣었어요.
로라가 혼자서 집으로 향한 때는
밤인지 낮인지 분간도 안 되네요.

로라를 대문에서 만난 리지가
어른스레 나무라네요:
"얘, 이렇게 늦게 돌아다니면 어쩌니,
해 질 무렵은 아가씨들한테는 해로워.
고블린 남자들이 자주 나타나는
계곡을 헤매 다니면 안 돼.
지니 기억 안 나니?
달빛 아래 지니가 그이들을 어찌 만났는지
그이들이 주는 그 많은 선물을 지니가 어찌 골랐는지

Ate their fruits and wore their flowers

Pluck'd from bowers

Where summer ripens at all hours?

But ever in the noonlight

She pined and pined away;

Sought them by night and day,

Found them no more, but dwindled and grew grey;

Then fell with the first snow,

While to this day no grass will grow

Where she lies low:

I planted daisies there a year ago

That never blow.

You should not loiter so."

"Nay, hush," said Laura:

"Nay, hush, my sister:

I ate and ate my fill,

Yet my mouth waters still;

To-morrow night I will

Buy more;" and kiss'd her:

"Have done with sorrow;

I'll bring you plums to-morrow

Fresh on their mother twigs,

그이들 과일을 먹고,
여름이 온 계절 무르익게 한
시원한 나무 그늘에서 딴 꽃으로 치장했지?
지니는 심지어 한낮에도
그걸 그리워하고 또 그리워했잖아.
밤이고 낮이고 그것들 찾아다니다가
더는 못 찾게 되니까 점점 야위고 창백해졌고
그러다 첫눈과 함께 쓰러졌잖아.
하여 이날 이때까지 풀 한 포기 안 나는
곳에 낮게 누워 있잖아:
1년 전에 내가 거기 데이지를 심었는데
꽃도 안 피네.
너는 그렇게 돌아다니면 안 돼."
"쉿, 안 그럴게." 로라가 말했어요.
"쉿, 안 그럴게. 언니야.
나는 과일을 실컷 먹고, 또 먹었어.
내 입에 아직도 침이 나오네.
내일 밤에 나
더 사려고." 그러곤 언니에게 입을 맞추었어요.
"먹고 보니 미안하네;
내일 자두를 갖다 줄게.
엄마 가지에서 딴 신선한 자두 말야.

Cherries worth getting;
You cannot think what figs
My teeth have met in,
What melons icy-cold
Piled on a dish of gold
Too huge for me to hold,
What peaches with a velvet nap,
Pellucid grapes without one seed:
Odorous indeed must be the mead
Whereon they grow, and pure the wave they drink
With lilies at the brink,
And sugar-sweet their sap."

Golden head by golden head,
Like two pigeons in one nest
Folded in each other's wings,
They lay down in their curtain'd bed:
Like two blossoms on one stem,
Like two flakes of new-fall'n snow,
Like two wands of ivory
Tipp'd with gold for awful kings.
Moon and stars gaz'd in at them,

체리도 먹을 만해.
언니는 내 이가 얼마나 맛난
무화과를 만났는지 상상도 못 할걸,
금빛 접시에 푸짐히 담긴
내 손으로 집기엔 너무 큰
차가운 멜론들은 얼마나 맛났는지
털복숭아는 또 얼마나 맛있었는지
씨 하나 없는 투명한 포도는 또 어떻고:
그것들이 자란 들판은
분명 향기롭고, 강가의 백합과 함께 들이키는
물결은 순수하고, 수액은
설탕처럼 달콤할 거야."

각자의 날개를 접은
한 둥지의 두 마리 비둘기처럼
금발과 금발이 나란히
커튼 드리워진 침대에 누웠어요.
한 줄기에 피어난 두 송이 꽃처럼
금방 떨어진 눈 두 송이처럼
엄청난 왕들을 위해 금으로 장식한
두 자루 상아 지팡이처럼요.
달과 별들이 이 둘을 응시했고,

Wind sang to them lullaby,
Lumbering owls forbore to fly,
Not a bat flapp'd to and fro
Round their rest:
Cheek to cheek and breast to breast
Lock'd together in one nest.

Early in the morning
When the first cock crow'd his warning,
Neat like bees, as sweet and busy,
Laura rose with Lizzie:
Fetch'd in honey, milk'd the cows,
Air'd and set to rights the house,
Kneaded cakes of whitest wheat,
Cakes for dainty mouths to eat,
Next churn'd butter, whipp'd up cream,
Fed their poultry, sat and sew'd;
Talk'd as modest maidens should:
Lizzie with an open heart,
Laura in an absent dream,
One content, one sick in part;
One warbling for the mere bright day's delight,

바람은 자장가를 불러 주었네요,
푸드덕 올빼미들은 나는 걸 참았고
박쥐 한 마리도 그 보금자리 주변에선
퍼덕거리지 않았어요:
뺨과 뺨, 가슴과 가슴을 맞대고
둘은 한 둥지에서 하나 되어 잤지요.

이른 아침
첫 수탉이 꼬끼오 경고를 울리자
벌처럼 말끔하게, 사랑스럽고 바지런하게
로라는 리지와 함께 일어났어요.
꿀을 가져오고 암소 젖을 짜고
통풍을 하고 집 안 정리를 하고
희디흰 밀가루로 케이크 반죽을 하고
앙증맞은 입으로 들어갈 케이크,
버터를 만들고 크림을 만들고
닭 모이를 주고, 앉아서 바느질을 했어요.
음전한 아가씨들처럼 얘기했어요.
리지는 열린 마음으로,
로라는 멍한 몽상으로,
하나는 만족하여 하나는 조금 병들어;
하나는 그저 밝은 낮의 기쁨을 재잘재잘

One longing for the night.

At length slow evening came:
They went with pitchers to the reedy brook;
Lizzie most placid in her look,
Laura most like a leaping flame.
They drew the gurgling water from its deep;
Lizzie pluck'd purple and rich golden flags,
Then turning homeward said: "The sunset flushes
Those furthest loftiest crags;
Come, Laura, not another maiden lags.
No wilful squirrel wags,
The beasts and birds are fast asleep."
But Laura loiter'd still among the rushes
And said the bank was steep.

And said the hour was early still
The dew not fall'n, the wind not chill;
Listening ever, but not catching
The customary cry,
"Come buy, come buy,"
With its iterated jingle

하나는 밤을 갈망했어요.

드디어 느린 저녁이 찾아왔어요:
둘은 주전자를 들고 갈대 우거진 개울가로 나갔어요;
리지는 아주 차분한 표정이었고
로라는 풀쩍 뛰는 불꽃 같았어요.
둘은 개울 깊은 곳에서 좌 하는 물을 길었지요.
리지는 보랏빛과 풍성한 금빛 창포를 꺾고
집 쪽으로 몸을 돌리며 말했죠. "지는 해가
저 멀리 높은 바위산을 물들이네.
가자, 로라, 꾸물거리는 아가씨도
촐랑이는 다람쥐도 되면 안 돼.
짐승도 새들도 금방 잠이 들어."
하지만 로라는 여전히 골풀 사이 돌아다니며
강둑이 가파르다고 말했어요.

또 아직 시간이 이르다고도 했고요.
이슬도 안 내렸고 바람도 차지 않다고;
계속 귀 기울이긴 했지만
늘 들리는 그 소리는 듣지 못했죠,
습관적인 그 외침,
"어서 와 사요, 어서 와 사요."

Of sugar-baited words:
Not for all her watching
Once discerning even one goblin
Racing, whisking, tumbling, hobbling;
Let alone the herds
That used to tramp along the glen,
In groups or single,
Of brisk fruit-merchant men.

Till Lizzie urged, "O Laura, come;
I hear the fruit-call but I dare not look:
You should not loiter longer at this brook:
Come with me home.
The stars rise, the moon bends her arc,
Each glowworm winks her spark,
Let us get home before the night grows dark:
For clouds may gather
Though this is summer weather,
Put out the lights and drench us through;
Then if we lost our way what should we do?"

Laura turn'd cold as stone
To find her sister heard that cry alone,

그 사탕발림의 말들:
로라가 꼼꼼히 살펴보았지만,
달리나, 싹 사라지다, 굴러떨어지고, 절룩이던
고블린이 하나도 보이지 않았어요;
그 일당들은 물론이고요
떼지어 혹은 홀로
계곡 따라 터벅터벅 걷던 이들,
신나게 과일 팔던 그 사람들요.
마침내 리지가 재촉했어요. "오, 로라, 얼른 와,
과일 사라는 소리가 들리는데 쳐다보지를 못하겠네.
너 이 개울가에서 더 오래 헤매면 안 돼.
나랑 같이 집으로 가자.
별들이 떠오르고 달도 둥글게 몸을 숙였잖아.
반딧불이도 자기 빛으로 반짝이고.
밤이 더 깊어지기 전에 집에 가자.
여름철이지만
구름이 몰려와
번개와 소나기를 뿌려 함빡 젖을지도 몰라.
그러다 길이라도 잃으면 우린 어떡하니?"

돌처럼 차갑게 된 로라는
언니 혼자서만 그 소리를 들었단 걸 알게 되었어요.

That goblin cry,
"Come buy our fruits, come buy."
Must she then buy no more such dainty fruit?
Must she no more such succous pasture find,
Gone deaf and blind?
Her tree of life droop'd from the root:
She said not one word in her heart's sore ache;
But peering thro' the dimness, nought discerning,
Trudg'd home, her pitcher dripping all the way;
So crept to bed, and lay
Silent till Lizzie slept;
Then sat up in a passionate yearning,
And gnash'd her teeth for baulk'd desire, and wept
As if her heart would break.

Day after day, night after night,
Laura kept watch in vain
In sullen silence of exceeding pain.
She never caught again the goblin cry:
"Come buy, come buy;" —
She never spied the goblin men
Hawking their fruits along the glen:

고블린이 부르는 소리요,
"이리 와 우리 과일 사세요, 어서 와 사요."
그럼 로라는 이제 귀먹고 눈멀어서
그처럼 맛난 과일을 더는 못 산단 말인가요?
그처럼 촉촉한 목초지를 더는 찾지 못한단 말인가요?
그녀 생명의 나무가 뿌리부터 시들어 버렸어요:
가슴이 쓰리고 아파 로라는 한마디도 할 수 없었어요;
하지만 분간 안 되는 어두운 길 더듬더듬, 집으로
걸었어요, 주전자에선 내내 물이 똑똑 떨어졌고요.
그렇게 침대로 기어들어 가 로라는
리지가 잠들 때까지 가만히 있었어요.
그러곤 터질 것 같은 갈망으로 일어나 앉아서
꺾인 욕망 때문에 이를 악물고는
가슴이 빠개지도록 울었지요.

낮이면 낮마다 밤이면 밤마다
로라는 극도의 고통으로 시무룩 침묵 속에
예의주시했지만 소용이 없었어요.
"어서 와 사요, 어서 와 사요." 하는
고블린의 외침을 다시는 들을 수 없었어요.
고블린 남자들이 계곡을 따라
과일을 팔러 다니는 것도 다시는 엿볼 수 없었고요.

But when the noon wax'd bright
Her hair grew thin and grey;
She dwindled, as the fair full moon doth turn
To swift decay and burn
Her fire away.

One day remembering her kernel-stone
She set it by a wall that faced the south;
Dew'd it with tears, hoped for a root,
Watch'd for a waxing shoot,
But there came none;
It never saw the sun,
It never felt the trickling moisture run:
While with sunk eyes and faded mouth
She dream'd of melons, as a traveller sees
False waves in desert drouth
With shade of leaf-crown'd trees,
And burns the thirstier in the sandful breeze.

She no more swept the house,
Tended the fowls or cows,
Fetch'd honey, kneaded cakes of wheat,

한낮이 환하게 차오를 때쯤
로라 머리카락이 가늘어지더니 잿빛으로 세어 버렸어요.
환한 보름달이 이지러져 빠르게 사그라져
광채를 태우며 사라지듯,
로라는 점점 쇠잔해 갔어요.

어느 날 로라는 씨 알맹이를 기억해 내고
남쪽으로 면한 벽 옆에 그 씨앗을 심었어요;
눈물로 이슬을 주며 씨앗이 뿌리 내리길 소망했지요,
새순이 뚫고 나오지 않나 지켜보았고요,
하지만 어떤 것도 나오지 않았어요;
해도 보지 못했고
속살거리는 물기 흐르는 것도 못 느껴 보았으니:
푹 꺼진 눈과 시들한 입으로
로라는 멜론을 꿈꾸었어요, 기갈 속에
사막을 여행하던 이가 이파리 무성한 나무들과
파도를 헛것으로 보고 모래바람 속에 더한 갈증으로
활활 타는 것처럼 말이지요.

로라는 집도 더는 청소하지 않고
가축이나 암소도 돌보지 않았고,
꿀도 가져오지 않고 밀가루로 케이크 반죽도 않고

Brought water from the brook:
But sat down listless in the chimney-nook
And would not eat.

Tender Lizzie could not bear
To watch her sister's cankerous care
Yet not to share.
She night and morning
Caught the goblins' cry:
"Come buy our orchard fruits,
Come buy, come buy;" —
Beside the brook, along the glen,
She heard the tramp of goblin men,
The yoke and stir
Poor Laura could not hear;
Long'd to buy fruit to comfort her,
But fear'd to pay too dear.
She thought of Jeanie in her grave,
Who should have been a bride;
But who for joys brides hope to have
Fell sick and died
In her gay prime,

개울에서 물도 길어 오지 않았어요.
그냥 굴뚝 구석에 맥없이 앉아 있었어요.
먹으려 하지도 않고요.

마음씨 고운 리지는 동생이
무참히 무너지는 걸 차마 볼 수 없었지만
다른 수가 없었어요.
밤이고 낮이고 리지는
고블린의 외침을 들었어요:
"어서 와 우리 과수원의 과일을 사요,
어서 와 사요, 어서 와 사요."
계곡을 따라 개울가에서
고블린 남자들이 걷는 소릴 들었지요.
그 목소리, 그 움직임
불쌍한 로라는 듣지 못한 소리;
로라를 달래 줄 과일을 너무너무 사고 싶었지만
너무 큰 대가를 치러야 할 게 겁이 났어요.
리지는 무덤 속 지니를 생각했어요,
신부가 되었어야 할 지니를;
새 신부의 기쁨을 고대했던 지니는
병이 나서 죽었지요.
제일 행복한 때,

In earliest winter time
With the first glazing rime,
With the first snow-fall of crisp winter time.

Till Laura dwindling
Seem'd knocking at Death's door:
Then Lizzie weigh'd no more
Better and worse;
But put a silver penny in her purse,
Kiss'd Laura, cross'd the heath with clumps of furze
At twilight, halted by the brook:
And for the first time in her life
Began to listen and look.

Laugh'd every goblin
When they spied her peeping:
Came towards her hobbling,
Flying, running, leaping,
Puffing and blowing,
Chuckling, clapping, crowing,
Clucking and gobbling,
Mopping and mowing,

겨울 초입에
반짝이는 첫 서리와 함께
싸한 거울철 내리던 첫눈과 함께.

점점 사그라들던 로라는
죽음의 문을 두드리는 듯 보였어요.
그래서 리지는 더는
좋게도 나쁘게도 저울질하지 않고
다만 지갑에 은전 한 닢 넣고
로라에게 입 맞추고, 가시금작화 우거진 숲을 가로질러
저물녘에 개울가에 당도했어요.
그리고 생전 처음으로
세심히 듣고 보기 시작했어요.

모든 고블린이 웃으면서
리지가 살피는 걸 엿보았어요.
절룩거리며 리지에게 다가왔어요.
날고, 달리고, 뛰면서,
숨을 헐떡이면서, 입으로 불면서,
킬킬거리며, 손뼉 치고, 까악거리고,
꼬꼬댁거리며 고르륵고르륵,
얼굴을 이리 찌푸리고 저리 찌푸리며

Full of airs and graces,

Pulling wry faces,

Demure grimaces,

Cat-like and rat-like,

Ratel- and wombat-like,

Snail-paced in a hurry,

Parrot-voiced and whistler,

Helter skelter, hurry skurry,

Chattering like magpies,

Fluttering like pigeons,

Gliding like fishes, —

Hugg'd her and kiss'd her:

Squeez'd and caress'd her:

Stretch'd up their dishes,

Panniers, and plates:

"Look at our apples

Russet and dun,

Bob at our cherries,

Bite at our peaches,

Citrons and dates,

Grapes for the asking,

Pears red with basking

한껏 잘난 척하며,
오만상 찌푸리며,
새침하게 찡그리며,
고양이처럼 들쥐처럼,
오소리처럼 웜뱃처럼,
달팽이처럼 황급히,
앵무새 목소리로 휘파람 불며,
허둥지둥 허겁지겁,
까치처럼 재잘재잘,
비둘기처럼 퍼드덕,
물고기처럼 샤샤샥,
리지를 안고 입을 맞추었지요.
리지를 꼭 껴안고 어루만졌지요.
자기네 과일 담긴 큰 접시,
작은 접시, 바구니를 내밀었지요.
"우리 사과 좀 보세요,
적갈색 회갈색 사과,
우리 체리 좀 만져 봐요,
우리 복숭아 한 입만,
유자와 대추,
먹음직스러운 포도,
햇살 아래서

Out in the sun,
Plums on their twigs;
Pluck them and suck them,
Pomegranates, figs." —

"Good folk," said Lizzie,
Mindful of Jeanie:
"Give me much and many: —
Held out her apron,
Toss'd them her penny.
"Nay, take a seat with us,
Honour and eat with us,"
They answer'd grinning:
"Our feast is but beginning.
Night yet is early,
Warm and dew-pearly,
Wakeful and starry:
Such fruits as these
No man can carry:
Half their bloom would fly,
Half their dew would dry,
Half their flavour would pass by.

잘 익어 불그스레한 배,
가지에서 갓 따온 자두들,
석류, 무화과,
집어들어 후르르 먹어 봐요." —

"좋은 분들," 지니를 염두에 두고,
리지는 말했지요.
"많이 많이 좀 주세요." —
앞치마를 내밀고
그들에게 은전을 던졌어요.
"자, 우리 함께 앉아
같이 먹는 영광을."
고블린들이 히죽 웃으며 대답했지요.
"우리 잔치는 이제 시작이네요.
아직 초저녁.
따스하고 진주 이슬 내린,
별 총총 잠 못 드는:
이런 과일은
어떤 인간도 갖고 올 수 없어요:
인간의 꽃은 반쯤만 날리고
인간의 이슬은 반쯤만 마르고
그 맛은 반쯤만 나오지요.

Sit down and feast with us,
Be welcome guest with us,
Cheer you and rest with us." ——
"Thank you," said Lizzie: "But one waits
At home alone for me:
So without further parleying,
If you will not sell me any
Of your fruits though much and many,
Give me back my silver penny
I toss'd you for a fee." ——
They began to scratch their pates,
No longer wagging, purring,
But visibly demurring,
Grunting and snarling.
One call'd her proud,
Cross-grain'd, uncivil;
Their tones wax'd loud,
Their looks were evil.
Lashing their tails
They trod and hustled her,
Elbow'd and jostled her,
Claw'd with their nails,

앉아서 우리와 함께 즐겨요.
우리와 함께 환영받는 손님이 되세요.
즐기면서 함께 쉬어요." —
"고마워요." 리지가 말했어요. "그런데
집에서 혼자 저를 기다리는 사람이 있어요:
하여 더는 길게 협상 못 하네요.
많고도 다양한 당신들 과일을
만약 제게 못 팔 것 같으면
과일값으로 당신들에게 던진
은전을 제게 그만 돌려주세요." —
고블린들이 머리를 긁적이기 시작했어요.
이젠 꼬리 흔들며 아첨하지 않고,
눈에 띄게 이의를 제기하며,
불평하고 으르렁거렸네요.
한 사람이 리지를 불렀어요. 잘난 척
삐뚤어지고 무례하게;
목소리가 점점 커지더니
이 인간들 점점 사악해지네요.
자기들 꼬리를 세게 치더니
리지를 밟고 밀치고
팔꿈치로 밀고 겨루고
손톱으로 할퀴고

Barking, mewing, hissing, mocking,
Tore her gown and soil'd her stocking,
Twitch'd her hair out by the roots,
Stamp'd upon her tender feet,
Held her hands and squeez'd their fruits
Against her mouth to make her eat.

White and golden Lizzie stood,
Like a lily in a flood, —
Like a rock of blue-vein'd stone
Lash'd by tides obstreperously, —
Like a beacon left alone
In a hoary roaring sea,
Sending up a golden fire, —
Like a fruit-crown'd orange-tree
White with blossoms honey-sweet
Sore beset by wasp and bee, —
Like a royal virgin town
Topp'd with gilded dome and spire
Close beleaguer'd by a fleet
Mad to tug her standard down.

개처럼 짖고 야옹야옹 쉭쉭 조롱하고
리지의 가운을 찢고 스타킹을 더럽히고
머리카락을 뿌리까지 낚아채고
부드러운 리지의 발을 밟고
손을 꼭 쥐고는 과일을 리지 입에
쑤셔 넣어 강제로 먹이네요.

하얀 피부에 금발의 리지가 서 있네요,
홍수 속 한 송이 백합처럼, ─
물결에 난폭하게 매질당하는
푸른 돌무늬 쓴 바위처럼, ─
포효하는 백발의 바다에서
홀로 남겨진 등대가
금빛 불꽃으로 신호를 보내듯,
꿀처럼 달디단 하얀 꽃으로
말벌과 꿀벌들에게 심하게 공격당하는
과일 왕관 쓴 오렌지나무처럼,
상대편 깃발을 끌어 내리려 혈안이 된
함대에 바싹 포위된,
황금의 돔과 뾰족탑이 하늘을 찌르는
위엄 있는 성모 마리아 성당의 도시처럼요.

One may lead a horse to water,
Twenty cannot make him drink.
Though the goblins cuff'd and caught her,
Coax'd and fought her,
Bullied and besought her,
Scratch'd her, pinch'd her black as ink,
Kick'd and knock'd her,
Maul'd and mock'd her,
Lizzie utter'd not a word;
Would not open lip from lip
Lest they should cram a mouthful in:
But laugh'd in heart to feel the drip
Of juice that syrupp'd all her face,
And lodg'd in dimples of her chin,
And streak'd her neck which quaked like curd.
At last the evil people,
Worn out by her resistance,
Flung back her penny, kick'd their fruit
Along whichever road they took,
Not leaving root or stone or shoot;
Some writh'd into the ground,
Some div'd into the brook

한 명이 말을 물가로 끌고 갈 수는 있어도
스무 명이 억지로 말에 물을 먹일 수는 없는 법.
고블린들이 리지를 결박하고 붙잡고,
꼬시고 싸우고,
협박하고 간청하고,
할퀴고 꼬집어 검게 멍들게 하고,
차고 때려눕히고,
상처 입히고 조롱해도,
리지는 한마디도 하지 않았어요;
입술을 앙 다물어서
고블린들이 과일을 쑤셔 넣지 못하게 했어요.
그치만 리지 온 얼굴에 시럽처럼 범벅된 과즙이
줄줄 흘러 즙이 양쪽 보조개에 고이고
젤리처럼 떨리는 목을 따라 흐르는 것을
느끼자 리지는 속으로 웃었어요.
마침내 사악한 놈들이
리지의 저항에 나가떨어져
은전을 되던져 주었어요, 자기네들이
가는 길마다 과일을 걷어차는 바람에
뿌리, 돌, 새싹 하나 남지 않게 되었어요.
어떤 고블린은 땅속으로 온몸을 비틀며 들어갔고,
어떤 고블린은 물 위에 동그란 잔영과 잔물결을 일으키며

With ring and ripple,
Some scudded on the gale without a sound,
Some vanish'd in the distance.

In a smart, ache, tingle,
Lizzie went her way;
Knew not was it night or day;
Sprang up the bank, tore thro' the furze,
Threaded copse and dingle,
And heard her penny jingle
Bouncing in her purse, —
Its bounce was music to her ear.
She ran and ran
As if she fear'd some goblin man
Dogg'd her with gibe or curse
Or something worse:
But not one goblin scurried after,
Nor was she prick'd by fear;
The kind heart made her windy-paced
That urged her home quite out of breath with haste
And inward laughter.

개울 속으로 다이빙을 했고요.
어떤 고블린은 소리도 안 내고 강풍 위로 휙 지나갔고요,
어떤 고블린은 멀리 사라졌어요.

쑤시고 아프고 따끔따끔했지만
리지는 자기 길을 갔어요.
밤인지 낮인지도 몰랐어요.
강둑으로 뛰어오르고, 가시금작화 덤불에 찢기며
잡목림과 깊은 골짜기를 지났어요.
은전이 지갑에서 찰랑거리는
소리를 들으며 갔어요.
그 튀는 소리는 음악처럼 들렸어요.
리지는 달리고 또 달렸어요.
리지는 어떤 고블린 남자가
조롱하고 저주하며 더한 걸로
따라올까 겁먹은 듯했으나,
실상은 쫓아오는 고블린이 없었고
두려움에 오싹 떨지도 않았고요,
리지 착한 마음이 바람의 속도로
서둘러 한달음에 집으로 오도록 재촉하였을 뿐
속으로는 웃고 있었어요.

She cried, "Laura," up the garden,
"Did you miss me?
Come and kiss me.
Never mind my bruises,
Hug me, kiss me, suck my juices
Squeez'd from goblin fruits for you,
Goblin pulp and goblin dew.
Eat me, drink me, love me;
Laura, make much of me;
For your sake I have braved the glen
And had to do with goblin merchant men."

Laura started from her chair,
Flung her arms up in the air,
Clutch'd her hair:
"Lizzie, Lizzie, have you tasted
For my sake the fruit forbidden?
Must your light like mine be hidden,
Your young life like mine be wasted,
Undone in mine undoing,
And ruin'd in my ruin,
Thirsty, canker'd, goblin-ridden?" —

"로라," 마당에 이르러 리지가 소리쳤어요,
"나 보고 싶었지?
어서 와 내 볼에 입을 맞춰 줘.
내 멍든 건 신경 쓰지 말고
날 안아 줘, 입 맞춰 줘, 과즙을 빨아 줘
너를 위해 고블린한테서 짜 온,
고블린 과육과 고블린 이슬을,
나를 먹어, 나를 마셔, 나를 사랑해,
로라, 나를 잘 이용해 봐,
너를 위해 내가 용감하게 골짜기를 헤치고 가
고블린 장사꾼들과 한 판 붙고 온 거야."

로라가 의자에서 일어나
허공에 양팔을 뻗더니
자기 머리를 움켜쥐네요.
"리지 언니, 언니, 나를 위해
그 금지된 과일을 맛보았어?
언니의 빛이 내 빛처럼 감추어졌겠네,
언니 젊은 목숨이 내 목숨처럼 소진되었겠네.
내가 망한 것처럼 망했겠네,
내가 엉망 된 것처럼 엉망 되었겠네,
갈증 나고, 헐고, 고블린이 들러붙어서?" —

She clung about her sister,
Kiss'd and kiss'd and kiss'd her:
Tears once again
Refresh'd her shrunken eyes,
Dropping like rain
After long sultry drouth;
Shaking with aguish fear, and pain,
She kiss'd and kiss'd her with a hungry mouth.

Her lips began to scorch,
That juice was wormwood to her tongue,
She loath'd the feast:
Writhing as one possess'd she leap'd and sung,
Rent all her robe, and wrung
Her hands in lamentable haste,
And beat her breast.
Her locks stream'd like the torch
Borne by a racer at full speed,
Or like the mane of horses in their flight,
Or like an eagle when she stems the light
Straight toward the sun,
Or like a caged thing freed,

로라는 언니한테 매달려
입을 맞추고, 맞추고, 또 맞추었어요.
눈물이 다시 한 번
로라의 푹 꺼진 눈을 다시 채우고선
오래 메마른 가뭄 후의
빗방울처럼 떨어졌어요.
오싹한 공포와 고통으로 떨면서, 로라는
굶주린 입으로 리지에게 입 맞추고 입 맞추었어요.

로라의 입술이 타들어 가기 시작했어요,
그 과일즙은 로라의 혀에는 쓰라린 개쑥 같았거든요.
로라는 그 향연에 진저리를 쳤어요:
신들린 사람처럼 몸을 뒤틀며 뛰고 노래했어요,
로라는 가운을 다 찢고
양손을 당치도 않게 황급히 비벼 대면서
자기 가슴을 쳤어요.
로라의 머리는 누가 햇불을 들고
전속력으로 달리듯 환하게 물결이 일었어요,
혹은 온 힘을 다해 달리는 말의 갈기처럼,
혹은 햇빛을 막으며
해를 향해 똑바로 날아가는 독수리처럼,
혹은 우리에 갇혔다 풀려난 것처럼,

Or like a flying flag when armies run.

Swift fire spread through her veins, knock'd at her heart,
Met the fire smouldering there
And overbore its lesser flame;
She gorged on bitterness without a name:
Ah! fool, to choose such part
Of soul-consuming care!
Sense fail'd in the mortal strife:
Like the watch-tower of a town
Which an earthquake shatters down,
Like a lightning-stricken mast,
Like a wind-uprooted tree
Spun about,
Like a foam-topp'd waterspout
Cast down headlong in the sea,
She fell at last;
Pleasure past and anguish past,
Is it death or is it life?

Life out of death.
That night long Lizzie watch'd by her,

혹은 진군하는 군대의 펄럭이는 깃발처럼.

날렵한 불길이 로라의 혈관으로 퍼지더니 심장을 때리고
거기서 타오르는 불과 만나
좀 줄어든 불꽃을 압도했어요.
로라는 말도 못할 그 쓸쓸함을 삼켰어요.
아! 바보, 영혼을 갉아먹는
보살핌, 그런 역할을 택하다니!
그 치명적인 사투에 감각이 마비되었어요.
지진이 흔들어 무너뜨린
도시의 시계탑처럼,
번개 맞은 돛대처럼,
바람에 뿌리 뽑혀
널브러진 나무처럼,
바다에 곤두박질쳐
거품 부글거리는 물기둥처럼,
마침내 로라는 쓰러졌어요;
기쁨이 지나고 고통도 지나고
그건 죽음인가요, 아니면 삶인가요?

삶은 죽음으로부터.
그 밤 내내 리지가 로라 곁을 지켰어요,

Counted her pulse's flagging stir,

Felt for her breath,

Held water to her lips, and cool'd her face

With tears and fanning leaves:

But when the first birds chirp'd about their eaves,

And early reapers plodded to the place

Of golden sheaves,

And dew-wet grass

Bow'd in the morning winds so brisk to pass,

And new buds with new day

Open'd of cup-like lilies on the stream,

Laura awoke as from a dream,

Laugh'd in the innocent old way,

Hugg'd Lizzie but not twice or thrice;

Her gleaming locks show'd not one thread of grey,

Her breath was sweet as May

And light danced in her eyes.

Days, weeks, months, years

Afterwards, when both were wives

With children of their own;

Their mother-hearts beset with fears,

축 늘어져 뛰는 맥박을 재고
호흡을 귀담아 느끼고
입술로 물을 머금어 축이고
얼굴을 눈물과 나뭇잎 부채로 식혀 주었어요:
그러다 아침 첫 새들이 처마 밑에서 지저귀고
부지런한 추수꾼들이 터벅터벅 걸어
황금빛 곡식 다발 들판으로 가고
이슬 젖은 풀이
발랄하게 지나는 아침 바람에 인사하고
새날의 시작과 함께 새 꽃봉오리들이
개울물 위에서 컵 같은 백합을 피울 때
로라는 꿈에서 깨어나
순수했던 옛날처럼 웃으며
리지를 꼭 안았어요, 두 번, 세 번, 더, 더,
윤기 나는 머릿결은 한 가닥도 세지 않았고
숨결은 5월처럼 달콤했고
눈에서는 빛이 춤을 췄어요.

여러 날, 여러 주, 여러 달, 여러 해,
세월이 흘러 둘 다 아내가 되었고
각자 아이들도 생겼고요.
모정 넘치는 마음엔 늘 걱정이어도

Their lives bound up in tender lives;
Laura would call the little ones
And tell them of her early prime,
Those pleasant days long gone
Of not-returning time.
Would talk about the haunted glen,
The wicked, quaint fruit-merchant men,
Their fruits like honey to the throat
But poison in the blood;
(Men sell not such in any town):
Would tell them how her sister stood
In deadly peril to do her good,
And win the fiery antidote:
Then joining hands to little hands
Would bid them cling together,
"For there is no friend like a sister
In calm or stormy weather;
To cheer one on the tedious way,
To fetch one if one goes astray,
To lift one if one totters down,
To strengthen whilst one stands."

다정한 생활에 몰두한 삶이었지요;
로라는 아이들을 불러 놓고는
어린 시절 이야길 해 주곤 했지요.
오래전에 가 버린 그 즐거운 시절,
다시는 돌아오지 않는 날들.
고블린들이 출몰하던 그 골짜기 얘기도요.
그 못된, 괴상한 과일 장수 남자들,
목구멍으로는 꿀처럼 달아도
혈관에선 독이 되는 고블린 과일들 얘기도요.
(인간은 어떤 도시에서도 그런 걸 팔지 않지요.)
리지 언니가 동생인 자기를 위해 좋은 일 하려다
어떻게 목숨까지 위험하게 되었는지
그러다 얼얼한 해독제를 얻은 이야기,
그런 다음 아이들 고사리손을 꼭 잡으며
꼭 함께 잡고 다녀야 한다고 말해 주곤 했어요.
"왜냐면 잠잠한 날이건 폭풍 부는 날이건
언니 동생 같은 친구는 없거든;
지루한 길에서 기운 돋우어 주고
못된 길로 빠지면 제자리로 데려오고
넘어지면 일으켜 세워 주고
서 있는 동안에는 힘을 주는 자매."

IN THE ROUND TOWER AT JHANSI,
JUNE 8, 1857

A hundred, a thousand to one; even so;
  Not a hope in the world remained:
The swarming howling wretches below
  Gained and gained and gained.

Skene looked at his pale young wife: —
  "Is the time come? — The time is come!" —
Young, strong, and so full of life:
  The agony struck them dumb.

Close his arm about her now,
  Close her cheek to his,
Close the pistol to her brow?
  God forgive them this!

"Will it hurt much? — No, mine own:
  I wish I could bear the pang for both."
"I wish I could bear the pang alone:
  Courage, dear, I am not loth."

Kiss and kiss: "It is not pain
  Thus to kiss and die.

1857년 6월 8일, 잔시의 둥근 탑에서[1]

백 분의 일, 천 분의 일; 그렇다 하더라도,
　　세상에 희망은 하나도 남아 있지 않았어요.
우글우글 아악아악 저 아래 비참지경이
　　불어나고 불어나고 또 불어났어요.

스킨이 창백한 젊은 아내를 바라보았어요. ──
　　"때가 되었나요? ── 때가 되었어요!" ──
젊고, 강하고, 너무나 활기 넘친 이들.
　　괴로움이 이들의 말문을 막아 버렸어요.

이제 아내를 팔로 감싸 안으며,
　　아내의 뺨을 그의 뺨에 갖다 대며,
권총을 아내의 이마에 갖다 대네요.
　　하느님, 이들을 용서하소서!

"많이 아플까요?" ──"아니, 내 당신
　　내가 우리 둘의 고통을 다 안고 가면 좋으련만."
"내가 나 혼자 그 고통 감당하면 좋으련만,
　　용기를, 여보, 나 두렵지 않아요."

입을 맞추고 또 맞추네요. "아프지 않아요.
　　하여 입을 맞추고 죽는 것.

One kiss more. —— And yet one again." ——
"Good-bye. —— Good-bye."

한 번 더 입맞춤. — 한 번만 더." —

 "안녕. — 안녕."

DREAM-LAND

Where sunless rivers weep
Their waves into the deep,
She sleeps a charmed sleep:
  Awake her not.
Led by a single star,
She came from very far
To seek where shadows are
  Her pleasant lot.

She left the rosy morn,
She left the fields of corn,
For twilight cold and lorn
  And water springs.
Through sleep, as through a veil,
She sees the sky look pale,
And hears the nightingale
  That sadly sings.

Rest, rest, a perfect rest
Shed over brow and breast;
Her face is toward the west,
  The purple land.

꿈나라

햇빛 안 드는 강들이 울면서
물결을 깊은 바다로 흘려보내는 곳에서
그녀는 마법의 잠을 자고 있어요.
　그녀를 깨우지 마세요.
단 하나의 별에 인도되어
그녀는 아주 멀리서 왔지요.
그림자들이 그녀의
　즐거운 운명인 곳을 찾아서.

그녀는 장밋빛 아침을 떠났어요.
그녀는 옥수수밭을 떠났어요.
서늘하고 외로운 황혼과
　물이 솟는 샘을 찾아서요.
잠을 통해, 베일을 통해 보는 것처럼,
그녀는 창백한 하늘빛을 보네요.
또 나이팅게일의 노랫소릴 듣네요.
　슬프게 우는 나이팅게일.

안식, 안식, 완벽한 안식이
이마와 가슴에 쏟아지네요.
그녀의 얼굴은 서쪽을 향하네요.
　그 자줏빛 땅.

She cannot see the grain
Ripening on hill and plain;
She cannot feel the rain
  Upon her hand.

Rest, rest, for evermore
Upon a mossy shore;
Rest, rest at the heart's core
  Till time shall cease:
Sleep that no pain shall wake;
Night that no morn shall break
Till joy shall overtake
  Her perfect peace.

그녀는 곡식을 볼 수 없네요.
언덕과 들판에서 익어 가는 곡식을.
그녀는 비도 느낄 수 없네요.
　손에 와 닿는 비도.

안식, 안식, 이끼 낀 해안에.
영원히 내리는 안식.
안식, 가슴 한가운데 깃드는 안식.
　시간이 그칠 때까지.
어떤 고통도 깨울 수 없는 잠,
어떤 아침도 깰 수 없는 밤,
기쁨이 그녀의 완벽한 평화를
　앞지를 때까지.

AT HOME

When I was dead, my spirit turned
  To seek the much-frequented house:
I passed the door, and saw my friends
  Feasting beneath green orange boughs;
From hand to hand they pushed the wine,
  They sucked the pulp of plum and peach;
They sang, they jested, and they laughed,
  For each was loved of each.

I listened to their honest chat:
  Said one: "To-morrow we shall be
Plod plod along the featureless sands,
  And coasting miles and miles of sea."
Said one: "Before the turn of tide
  We will achieve the eyrie-seat."
Said one: "To-morrow shall be like
  To-day, but much more sweet."

"To-morrow," said they, strong with hope,
  And dwelt upon the pleasant way:
"To-morrow," cried they, one and all,
  While no one spoke of yesterday.

집에 돌아와

내가 죽자 내 영혼은 돌아왔어요
　사람들 북적대는 집을 찾아서.
문을 지나며 나는 보았어요, 내 친구들이
　오렌지나무 푸른 가지 아래서 잔치를 하고 있네요.
손에서 손으로 과실주를 건네며 내 친구들이
　자두 즙, 복숭아 즙을 빨아 마시고 있네요.
노랠 부르고 낄낄 농담하고 호호하하 웃네요.
　서로가 서로를 사랑하니까요.

나는 친구들의 솔직한 얘기를 유심히 들었어요.
　한 친구가 말하길, "내일 우리
터덜터덜 가 볼까, 이 길이 저 길 같은 모래사장,
　바닷가 해안 따라 끝없이 펼쳐져 있는 그 길을."
또 한 친구가 말하네요. "밀물 썰물이 바뀌기 전에
　언덕 위 정자에 도착할 수 있을 거야."
또 한 친구가 말하네요. "내일도 오늘과
　마찬가지겠지만, 훨씬 더 재밌을 거야."

"내일은" 친구들이 희망에 차 힘차게 말하네요.
　그 즐거운 길을 곰곰 생각하네요.
"내일은" 다들 한 목소리로 외치네요.
　아무도 어제 일은 말하지 않네요.

Their life stood full at blessed noon;
 I, only I, had passed away:
"To-morrow and to-day," they cried;
 I was of yesterday.

I shivered comfortless, but cast
 No chill across the table-cloth;
I, all-forgotten, shivered, sad
 To stay, and yet to part how loth:
I passed from the familiar room,
 I who from love had passed away,
Like the remembrance of a guest
 That tarrieth but a day.

친구들 인생은 오직 축복받은 한낮으로 가득하네요.
　나만, 오직 나만, 죽어 버린 거네요.
"내일 그리고 오늘은" 친구들이 외치네요.
　나는 어제의 나였네요.

나는 쓸쓸해서 몸서리쳤어요, 하지만 식탁보
　가로질러 서늘한 냉기를 드리우진 않았어요.
나만, 완전히 잊혀, 오돌오돌 떨었어요, 머무는
　것도 슬픈 일인데, 떠나는 건 얼마나 싫은지.
나는 그 낯익은 방을 지나왔어요.
　나는 사랑에서도 이젠 죽어 버린 사람.
단 하루만 머물다 가는
　손님의 기억 같은 것.

A TRIAD

Three sang of love together: one with lips
   Crimson, with cheeks and bosom in a glow,
Flushed to the yellow hair and finger tips;
   And one there sang who soft and smooth as snow
   Bloomed like a tinted hyacinth at a show;
And one was blue with famine after love,
   Who like a harpstring snapped rang harsh and low
The burden of what those were singing of.
One shamed herself in love; one temperately
   Grew gross in soulless love, a sluggish wife;
One famished died for love. Thus two of three
   Took death for love and won him after strife;
One droned in sweetness like a fattened bee
   All on the threshold, yet all short of life.

세 사람의 사랑 노래

셋이 함께 사랑 노랠 불렀어요: 한 사람은
  진홍빛 입술에 뺨과 가슴이 발그레하고요.
노랑머리와 손가락 끝까지 상기된 듯;
  또 거기 한 사람은 눈처럼 부드럽고 매끄럽게
노래했어요
  공연할 때 색 입힌 히아신스처럼 활짝 피어서요;
  그리고 한 사람은 사랑에 굶주려 파랗게 질려 있네요.
  거칠고 낮게 울리며 툭 끊어진 하프의 줄처럼요.
  노래하는 사람들이 느끼는 부담이란.
한 사람은 사랑에 부끄러워했어요; 한 사람은 적당히
  영혼 없는 사랑 속에 제멋대로 되었죠, 게으른 아내로;
한 사람은 사랑에 굶주려 죽었고요. 그리하여 셋 중 둘은
  사랑 때문에 죽음을 얻었고 싸움 끝에 그를
쟁취했네요;
  하나는 살찐 벌처럼 달콤함에 취해 웅웅거리네요.
  모두가 문턱에 있네요. 하지만 모두 생기가 없는걸요.

LOVE FROM THE NORTH

I had a love in soft south land,
  Beloved thro' April far in May;
He waited on my lightest breath,
  And never dared to say me nay.

He saddened if my cheer was sad,
  But gay he grew if I was gay;
We never differed on a hair,
  My yes his yes, my nay his nay.

The wedding hour was come, the aisles
  Were flushed with sun and flowers that day;
I pacing balanced in my thoughts:
  "It's quite too late to think of nay." —

My bridegroom answered in his turn,
  Myself had almost answered "yea:"
When thro' the flashing nave I heard
  A struggle and resounding "nay."

Bridemaids and bridegroom shrank in fear,
  But I stood high who stood at bay:

북쪽에서 온 사랑

부드러운 남쪽 땅에 내 사랑이 있었어요,
　먼 4월부터 5월까지 사랑받았던;
그이는 내 가장 가벼운 숨결도 받들어 주었고요,
　그리고 내게 아니오 소린 절대 하지 못했고요.

그이는 내 응원이 슬프면 슬퍼했어요,
　내가 즐거우면 그이도 즐거워졌고요;
우리는 머리카락 한 올도 이견이 없었어요,
　나의 예는 그이의 예, 나의 아니오는 그이의 아니오.

결혼식의 시간이 다가왔네요, 통로는
　그날 햇빛과 꽃으로 붉게 물들었고요;
걸어나가며 나, 생각 속에서 균형을 잡았죠:
　"아니오를 생각하기엔 이미 너무 늦었지." ―

내 신랑은 그이의 차례에 대답했어요,
　나 자신도 거의 "예"라고 대답할 뻔했어요.
그러다 그 환한 회중석에서 나는 들었어요
　어떤 몸부림을, 그리고 울려 퍼지는 "아니오"를.

신부 들러리들과 신랑은 두려움에 움츠러들었어요,
　하지만 나는 단호하게 우뚝 버텼어요:

"And if I answer yea, fair Sir,
  What man art thou to bar with nay?"

He was a strong man from the north,
  Light locked, with eyes of dangerous grey:
"Put yea by for another time
  In which I will not say thee nay."

He took me in his strong white arms,
  He bore me on his horse away
O'er crag, morass, and hairbreadth pass,
  But never asked me yea or nay.

He made me fast with book and bell,
  With links of love he makes me stay;
Till now I've neither heart nor power
  Nor will nor wish to say him nay.

"만약 제가 예라고 대답한다면, 온당한 분이여,
  아니오로 막는 당신은 어떤 남자인가요?"

그이는 북쪽에서 온 강인한 남자였지요.
  밝은 머릿단에, 위험한 회색 눈을 한:
"예를 다음 기회로 미루시오.
  다음엔 나 그대에게 아니오라 말하진 않겠소."

그이는 강인한 하얀 팔로 나를 데려갔어요,
  그이는 그이의 말에 나를 태워 갔어요.
바위산 지나, 늪지를 지나, 바늘 같은 협곡을 지나,
  하지만 내게 한 번도 예, 아니오 물어보지 않았어요.

그이는 나를 책과 종으로 정진하게 했어요,
  그이는 사랑의 고리로 나를 머물게 했어요;
지금까지도 나는 그이에게 아니오라 말할
  심장도 힘도 의지도 소망도 없는걸요.

WINTER RAIN

Every valley drinks,
  Every dell and hollow;
Where the kind rain sinks and sinks,
  Green of Spring will follow.

Yet a lapse of weeks
  Buds will burst their edges,
Strip their wool-coats, glue-coats, streaks,
  In the woods and hedges;

Weave a bower of love
  For birds to meet each other,
Weave a canopy above
  Nest and egg and mother.

But for fattening rain
  We should have no flowers,
Never a bud or leaf again
  But for soaking showers;

Never a mated bird
  In the rocking tree-tops,

겨울 비

모든 계곡이 들이마시죠,
　모든 골짜기와 웅덩이도;
그 다정한 비가 잠기고 잠기는 곳에,
　봄의 초록이 따라오겠지요.

하지만 몇 주 지나서야
　새싹이 움을 틔우겠지요,
보들 막, 끈적 막, 줄무늬 옷 다 벗고선
　숲에서 울타리에서들;

사랑의 나무 그늘을 엮어서
　새들이 서로 만나게 해야지요,
그 위에 천개를 엮어서
　둥지에 알을 낳고 어미새 되어야지요.

살찌우는 비가 없다면
　우린 꽃도 가지지 못하겠지요,
꽃봉오리 하나도 잎사귀 하나도 다시는요.
　적시어 주는 소나기가 없다면요;

흔들리는 나무 꼭대기에서
　짝짓기 하는 새도 못 보겠지요,

Never indeed a flock or herd
  To graze upon the lea-crops.

Lambs so woolly white,
  Sheep the sun bright leas on,
They could have no grass to bite
  But for rain in season.

We should find no moss
  In the shadiest places,
Find no waving meadow grass
  Pied with broad-eyed daisies:

But miles of barren sand,
  With never a son or daughter,
Not a lily on the land,
  Or lily on the water.

목초지에서 풀을 뜯는
　양 떼도 소 떼도 정말 못 보겠지요.

너무 보드라운 털 새하얀 어린 양들,
　햇살 환한 목초지 큰 양들,
걔들은 뜯어먹을 풀이 하나도 없을 거예요
　제철에 내리는 비가 없다면요.

우리는 이끼도 보지 못할 거예요
　가장 어두운 곳에서도,
큰 눈망울 데이지꽃들 점점이 박힌
　물결치는 초원 풀밭도 못 볼 거예요:

다만 척박한 수 마일 모래밭만 보겠죠,
　아들도 없고 딸도 없이,
땅 위에 백합 한 송이 없이,
　물 위엔 수련 한 송이 없이요.

COUSIN KATE

I was a cottage maiden
  Hardened by sun and air,
Contented with my cottage mates,
  Not mindful I was fair.
Why did a great lord find me out,
  And praise my flaxen hair?
Why did a great lord find me out
  To fill my heart with care?

He lured me to his palace home —
  Woe's me for joy thereof —
To lead a shameless shameful life,
  His plaything and his love.
He wore me like a silken knot,
  He changed me like a glove;
So now I moan, an unclean thing,
  Who might have been a dove.

O Lady Kate, my cousin Kate,
  You grew more fair than I:
He saw you at your father's gate,
  Chose you, and cast me by.

사촌 케이트

나는 오두막 처녀였지요
  해와 바람에 거칠어진,
내 오두막 친구들과 함께 만족스레
  내가 예쁜지 신경도 안 쓰는.
높으신 분이 어째서 나를 찾아내어
  내 아마빛 머리카락을 칭찬했을까요?
높으신 분이 어째서 나를 찾아내어
  내 마음을 관심으로 채웠을까요?

그이는 나를 대궐 같은 집으로 꼬였어요 ─
  그로 인해 내겐 기쁨 대신 슬픔이 ─
그의 노리개, 그의 연인이 되어서,
  부끄러움 모르는 부끄러운 생활을 이어 갔으니.
그이는 나를 비단 매듭인 양 매달고,
  그이는 나를 장갑처럼 바꿨어요;
그래서 지금 나는 신음하고 있어요, 부정한 것,
  비둘기가 되었을지도 모르는.

아, 숙녀 케이트, 내 사촌 케이트,
  너는 나보다 더 예쁘게 자랐지:
그이가 네 아버지 대문 앞에서 너를 보더니
  너를 택하고는 나를 버려 버렸네.

He watched your steps along the lane,
  Your work among the rye;
He lifted you from mean estate
  To sit with him on high.

Because you were so good and pure
  He bound you with his ring:
The neighbours call you good and pure,
  Call me an outcast thing.
Even so I sit and howl in dust,
  You sit in gold and sing:
Now which of us has tenderer heart?
  You had the stronger wing.

O cousin Kate, my love was true,
  Your love was writ in sand:
If he had fooled not me but you,
  If you stood where I stand,
He'd not have won me with his love
  Nor bought me with his land;
I would have spit into his face
  And not have taken his hand.

그이가 길을 걸어가는 네 걸음을 지켜보더니,
  호밀밭에서 일하는 너를 지켜보더니;
그이가 너를 초라한 집에서 들어 올려
  높은 곳에 그이와 함께 앉도록 했네.

너는 너무 착하고 순수하기에
  그이가 너를 자기 반지로 묶어 버렸네:
이웃들은 너를 착하고 순수하다 하고,
  나를 버림받은 것이라 부르네.
나는 이렇게 먼지 속에 앉아 절규하고,
  너는 금화 속에 앉아 노래하네:
이제 우리 중 누가 더 보드라운 마음을 갖고 있지?
  너는 더 강한 날개를 가졌는데.

오, 사촌 케이트, 내 사랑은 진실했어,
  너의 사랑은 모래 위에 쓰인 것이었어:
만약 그이가 내가 아닌 너를 갖고 놀았다면,
  만약 네가 지금 내 자리에 있다면,
그이는 그 사랑으로 날 얻지 못했을 텐데
  땅으로 나를 사지도 못했을 텐데;
나는 그의 얼굴에 침을 뱉었을 텐데
  그의 손을 잡지도 않았을 텐데.

Yet I've a gift you have not got,
  And seem not like to get:
For all your clothes and wedding-ring
  I've little doubt you fret.
My fair-haired son, my shame, my pride,
  Cling closer, closer yet:
Your father would give lands for one
  To wear his coronet.

하지만 난 네가 갖고 있지 않은,
　또 가질 것 같지도 않은 선물이 하나 있어:
네 옷과 네 결혼반지에도 불구하고
　네가 분명 초조하게 느끼게 될 것.
내 금발의 아들, 내 수치이자 내 자랑아,
　더 가까이, 더 가까이 바싹 붙으렴:
네 아버지는 그의 관을 쓸 자에게
　땅을 물려주실 것이니.

NOBLE SISTERS

"Now did you mark a falcon,
  Sister dear, sister dear,
Flying toward my window
  In the morning cool and clear?
With jingling bells about her neck,
  But what beneath her wing?
It may have been a ribbon,
  Or it may have been a ring." —
   "I marked a falcon swooping
    At the break of day;
   And for your love, my sister dove,
    I 'frayed the thief away." —

"Or did you spy a ruddy hound,
  Sister fair and tall,
Went snuffing round my garden bound,
  Or crouched by my bower wall?
With a silken leash about his neck;
  But in his mouth may be
A chain of gold and silver links,
  Or a letter writ to me." —
   "I heard a hound, highborn sister,

고귀한 자매들

"이제 매한테 표식을 했지?
  언니야 나의 언니야,
서늘하고 맑은 아침에
  내 창문 쪽으로 날아오던 매,
목에 방울 딸랑딸랑 울리며
  근데 매 날개 밑에 뭐가 있지?
리본이었을지도 몰라,
  아니면 반지였을지도 몰라."─
    "나는 내려오는 매에게 표식을 했어,
      날이 밝을 때;
      너의 사랑을 위해, 내 여동생 비둘기,
      내가 그 도둑을 쫓아 버렸지."─

"아님 그 혈색 좋은 사냥개 뒤를 쫓았나,
  예쁘고 키 큰 언니,
내 정원 주위를 몰래 돌아다니다,
  내 그늘진 담벼락 밑에 웅크리고 있는?
목에는 비단 끈을 매고 있지만;
  사냥개의 입 속에는
금과 은으로 연결된 사슬,
  아니면 나에게 보내는 편지."─
    "귀한 동생아, 나는 사냥개가 달을 향해

Stood baying at the moon;
I rose and drove him from your wall
Lest you should wake too soon." —

"Or did you meet a pretty page
Sat swinging on the gate;
Sat whistling whistling like a bird,
Or may be slept too late;
With eaglets broidered on his cap,
And eaglets on his glove?
If you had turned his pockets out,
You had found some pledge of love." —
"I met him at this daybreak,
Scarce the east was red:
Lest the creaking gate should anger you,
I packed him home to bed." —

"Oh patience, sister. Did you see
A young man tall and strong,
Swift-footed to uphold the right
And to uproot the wrong,
Come home across the desolate sea

짖어 대는 소리를 들었어;
나는 일어나 그를 너의 벽에서 쫓아냈어,
네가 니무 일찍 *깨지* 않도록." ──

"아니면 언니, 예쁘장한 시동을 혹 만났어?
문 앞에서 시소 타고 앉아 있던;
새처럼 휘휘 휘파람을 불며,
아니면 너무 늦게 일어났나 봐;
그의 모자에 수 놓인 새끼 독수리들
장갑에 수 놓인 새끼 독수리들은?
언니가 만약 그 애 주머니를 뒤집어 보았다면,
어떤 사랑의 맹세를 발견했을지도." ──
"이 새벽에 그 앨 만났어.
동녘이 채 붉어지기도 전에:
삐걱거리는 대문에 네가 성가실까 봐,
나 그 사람을 침실로 데려왔지." ──

"아, 잠깐만, 언니, 혹시 봤어?
키 크고 힘센 젊은 남자,
옳은 것을 지키고 잘못을 뿌리 뽑으러
재빠르게 달려온,
황량한 바다를 건너 집으로 돌아온.

To woo me for his wife?
And in his heart my heart is locked,
And in his life my life." ——
 "I met a nameless man, sister,
  Who loitered round our door:
  I said: Her husband loves her much,
  And yet she loves him more." ——

"Fie, sister, fie, a wicked lie,
 A lie, a wicked lie,
I have none other love but him,
 Nor will have till I die.
And you have turned him from our door,
 And stabbed him with a lie:
I will go seek him thro' the world
 In sorrow till I die." ——
 "Go seek in sorrow, sister,
  And find in sorrow too:
  If thus you shame our father's name
  My curse go forth with you." ——

내게 아내 되어 달라 구혼하러 온?
그래서 그이 마음에 내 마음이 잠겨 버렸는데,
그리고 그이의 인생에 내 인생이." ―
　"난 이름 없는 남자를 하나 만났는데, 얘,
　　우리 문 근처를 어슬렁거리더라고:
　　내가 말했지: 그 애 남편은 개를 많이 사랑해요,
　　하지만 그 애가 남편을 더 사랑하지요." ―

"에잇, 언니, 에잇, 못된 거짓말,
　거짓말, 못된 거짓말,
난 그 사람 말고는 다른 사랑이 없는데,
　내가 죽을 때까지 그럴 건데.
그런데 언니가 그이를 문에서 돌려세웠구나,
　그리고 거짓말로 그 사람을 찔러 버렸구나:
나는 그이를 찾아 온 세상을 헤맬 거야
　죽을 때까지 슬픔에 빠져." ―
　"슬픔 속에 가서 찾아 봐, 얘,
　　슬픔 속에서 또 찾아 보렴:
　　만약 네가 우리 아버지 이름에 먹칠을 한다면
　　내 저주가 너와 함께 갈 거야." ―

SPRING

Frost-locked all the winter,
Seeds, and roots, and stones of fruits,
What shall make their sap ascend
That they may put forth shoots?
Tips of tender green,
Leaf, or blade, or sheath;
Telling of the hidden life
That breaks forth underneath,
Life nursed in its grave by Death.

Blows the thaw-wind pleasantly,
Drips the soaking rain,
By fits looks down the waking sun:
Young grass springs on the plain;
Young leaves clothe early hedgerow trees;
Seeds, and roots, and stones of fruits,
Swollen with sap, put forth their shoots;
Curled-headed ferns sprout in the lane;
Birds sing and pair again.

There is no time like Spring,
When life's alive in everything,

봄

겨울 내내 서리에 갇혔던
씨앗들, 뿌리들, 그리고 과일의 씨들,
무엇이 그들의 수액을 올라오게 할까요?
그래서 새싹을 틔우도록 할까요?
연한 초록 끄트머리,
이파리, 풀잎의 날 혹은 이파리 껍질;
아래쪽에서 터져 나오는
숨겨진 생명을 알려 주는,
죽음의 무덤에서 고이 길러진 생명을.

해빙의 바람이 기분 좋게 불고,
대지를 적시는 비가 방울방울 내리고,
잠에서 깬 태양이 이따금 내려다보네요:
어린 풀들이 평원에 돋아나고요;
어린 이파리들은 철 이른 울타리에 옷을 입히고요;
씨앗들, 뿌리들, 그리고 과일의 씨들,
수액으로 부풀어 올라 새싹을 터뜨리고요;
꼬부랑 머리 고사리가 길에서 싹을 틔우고,
새들은 노래하고 다시 짝짓기를 하지요.

봄과 같은 시간은 없어요,
모든 것에 생명이 살아 있을 때지요,

Before new nestlings sing,
Before cleft swallows speed their journey back
Along the trackless track, —
God guides their wing,
He spreads their table that they nothing lack, —
Before the daisy grows a common flower,
Before the sun has power
To scorch the world up in his noontide hour.

There is no time like Spring,
Like Spring that passes by;
There is no life like Spring-life born to die, —
Piercing the sod,
Clothing the uncouth clod,
Hatched in the nest,
Fledged on the windy bough,
Strong on the wing:
There is no time like Spring that passes by,
Now newly born, and now
Hastening to die.

이윽고 새 둥지들이 노래를 하고요,
이윽고 영리한 제비들이 길 없는 길을 따라
돌아오는 여정에 속도를 내고요, ──
하느님이 그들의 날개를 이끄시지요,
식탁을 잘 펼쳐서 부족함이 없도록 하시지요, ──
이윽고 데이지가 흔한 꽃을 키우고요,
이윽고 태양이 힘을 내어
정오에 온 세상을 이글이글 태우고요.

봄과 같은 시간은 없어요,
지나가는 봄 같은 시간은;
죽기 위해 태어나는 봄과 같은 목숨도 없어요, ──
흙을 뚫고 나와,
투박한 흙덩어리 옷을 입고,
둥지에서 부화하여,
바람 부는 나뭇가지에서 깃털이 나고,
날개는 힘이 세지고요:
지나가는 봄과 같은 시간은 없어요,
이제 갓 태어난, 그리고 지금
죽기를 재촉하는 시간.

THE LAMBS OF GRASMERE, 1860

The upland flocks grew starvedand thinned;
  Their shepherds scarce could feed the lambs
Whose milkless mothers butted them,
  Or who were orphaned of their dams.
The lambs athirst for mother's milk
  Filled all the place with piteous sounds:
Their mothers' bones made white for miles
  The pastureless wet pasture grounds.

Day after day, night after night,
  From lamb to lamb the shepherds went,
With teapots for the bleating mouths
  Instead of nature's nourishment.
The little shivering gaping things
  Soon knew the step that brought them aid,
And fondled the protecting hand,
  And rubbed it with a woolly head.

Then, as the days waxed on to weeks,
  It was a pretty sight to see
These lambs with frisky heads and tails
  Skipping and leaping on the lea,

1860년, 그라스미어의 어린 양들²

고지대의 양 떼들은 굶주려 여위어 갔어요;
　양치기들은 양들을 먹일 수 없었어요
젖이 없는 어미 양들이 밀쳐 낸 어린 양들,
　어미 없이 고아가 된 양들이었거든요.
엄마 젖을 찾는 굶주린 새끼 양들
　가련한 소리가 사방에 가득했어요:
어미 양들의 뼈가 풀이 없는 젖은 목초지
　수 마일을 하얗게 덮었더랍니다.

낮이면 낮마다, 밤이면 밤마다,
　양치기들은 어린 양 한 마리 한 마리에게 갔어요,
찻주전자를 들고 매애 울고 있는 입을 위해서요
　자연이 주는 영양 대신에 말이지요.
덜덜 떨며 헥헥거리는 그 어린 것들은
　자기들을 도우러 오는 그 발걸음을 금방 알아채곤
그 보살피는 손에게 애교를 부렸다지요,
　털복숭이 머리를 비벼 대면서요.

그러고 나서 며칠이 지나고 몇 주가 지나자,
　이런 풍경이 선연히 보였다지요.
어린 양들이 기운찬 머리와 꼬리를 흔들며
　초원을 폴짝폴짝 뛰어다니고,

Bleating in tender, trustful tones,

    Resting on rocky crag or mound.

And following the beloved feet

    That once had sought for them and found.

These very shepherds of their flocks,

    These loving lambs so meek to please,

Are worthy of recording words

    And honour in their due degrees:

So I might live a hundred years,

    And roam from strand to foreign strand,

Yet not forget this flooded spring

    And scarce-saved lambs of Westmoreland.

음매 부드러이 믿음직한 음성으로 울고,
　울퉁불퉁한 바위나 둔덕에서 쉬고.
한때 그 양들을 쫓아 찾아내던
　그 사랑스러운 발걸음을 따라다니는 풍경요.

이 양 떼들을 돌본 바로 그 양치기들과,
　너무 온순해 기쁨 주는 이 사랑스러운 양들은,
말로 기록되어 정당하게 그 영광을
　누릴 만한 가치가 충분히 있는걸요:
그리하여 이 몸, 백 년을 살며,
　이 물가 저 낯선 물가로 헤매어 다니겠지만,
하지만 홍수가 났던 그 봄, 간신히 살아남았던
　웨스터모어랜드의 어린 양들을 잊지 못하고 있어요.

A BIRTHDAY

My heart is like a singing bird
  Whose nest is in a water'd shoot;
My heart is like an apple-tree
  Whose boughs are bent with thick-set fruit;
My heart is like a rainbow shell
  That paddles in a halcyon sea;
My heart is gladder than all these
  Because my love is come to me.

Raise me a dais of silk and down;
  Hang it with vair and purple dyes;
Carve it in doves and pomegranates,
  And peacocks with a hundred eyes;
Work it in gold and silver grapes,
  In leaves and silver fleurs-de-lys;
Because the birthday of my life
  Is come, my love is come to me.

생일

내 마음은 노래하는 새와 같아요
　새 둥지는 물오른 어린 가지에 있고요;
내 마음은 사과나무와 같아요
　주렁주렁 사과 가지가 휘어 있네요;
내 마음은 무지개조가비와 같아요
　고요한 바다에서 노를 젓네요;
내 마음은 이 전부보다 더 기쁘네요
　내 사랑이 내게 오실 테니까요.

비단과 솜털로 내게 연단을 세워 주세요;
　다람쥐 모피와 보라색 물들인 천을 걸어 주세요;
비둘기와 석류도 거기 새겨 주세요,
　백 개의 눈이 있는 공작도요;
금빛 은빛 포도도 새겨 주세요,
　나뭇잎들과 은빛 백합들도요;
내 인생의 생일이 다가왔으니
　내 사랑도 내게로 올 테니까요.

REMEMBER

Remember me when I am gone away,
  Gone far away into the silent land;
  When you can no more hold me by the hand,
Nor I half turn to go yet turning stay.
Remember me when no more day by day
  You tell me of our future that you planned:
  Only remember me; you understand
It will be late to counsel then or pray.
Yet if you should forget me for a while
  And afterwards remember, do not grieve:
  For if the darkness and corruption leave
  A vestige of the thoughts that once I had,
Better by far you should forget and smile
  Than that you should remember and be sad.

기억해 주세요

나를 기억해 주세요 내가 떠나가면,
　침묵의 땅으로 멀리 떠나가면;
　당신이 더 이상 내 손 잡지 못할 때,
나 반쯤 돌아서서 가지도 머무르지도 못하네.
나를 기억해 주세요 하루하루 더는 당신이
　계획했던 우리 미래를 내게 말해 줄 수 없을 때:
　다만 나를 기억해 주세요; 아시겠지요
그때 이야기하거나 기도하는 건 늦을 거예요.
하지만 당신이 나를 잠시라도 잊어야 한다면
　나중에 기억해 주세요, 슬퍼하지는 마세요:
　어둠 속에 썩어 없어져 내 한때
　지닌 생각 흔적만 남는다면,
당신이 나를 기억하고 슬퍼하는 것보다는
　나를 잊어버리고 웃는 게 훨씬 나을 테니까요.

AFTER DEATH

The curtains were half drawn, the floor was swept
   And strewn with rushes, rosemary and may
   Lay thick upon the bed on which I lay,
Where through the lattice ivy-shadows crept.
He leaned above me, thinking that I slept
   And could not hear him; but I heard him say,
   "Poor child, poor child": and as he turned away
Came a deep silence, and I knew he wept.
He did not touch the shroud, or raise the fold
   That hid my face, or take my hand in his,
     Or ruffle the smooth pillows for my head:
    He did not love me living; but once dead
   He pitied me; and very sweet it is
To know he still is warm thou' I am cold.

죽음 후에

커튼이 반쯤 쳐져 있었고, 바닥은 비질 되어
 골풀과 로즈메리와 산사나무꽃 흩뿌려져
 두꺼운 침대 위에 내가 누워 있네요,
담쟁이덩굴 그림자가 얼금얼금 드리우네요.
그이가 내 위로 몸을 기울이네요. 내가 자고 있어서
그이의 말을 못 듣는다 생각하지만 나는 그 말을 듣지요,
"불쌍한 아가, 불쌍한 아가" 그이가 돌아서자
깊은 침묵이 흐르네요, 나는 그이가 울었다는 걸 알지요.
그이는 수의를 만지거나 내 얼굴 덮은 접힌 천을
 들추지도 않고, 손을 잡아 보지도 않네요,
  내 머리 받친 납작한 베개를 부풀리지도 않네요.
   그이는 살아 있는 나를 사랑하지 않았어요, 하지만
죽고 나니
   그이는 나를 가련히 여기네요; 나 비록 차갑지만
그이가 여전히 따뜻하단 걸 아니까 너무 달콤하네요.

AN END

Love, strong as Death, is dead.
Come, let us make his bed
Among the dying flowers:
A green turf at his head;
And a stone at his feet,
Whereon we may sit
In the quiet evening hours.

He was born in the Spring,
And died before the harvesting:
On the last warm Summer day
He left us; he would not stay
For Autumn twilight cold and grey.
Sit we by his grave, and sing
He is gone away.

To few chords and sad and low
Sing we so:
Be our eyes fixed on the grass
Shadow-veiled as the years pass
While we think of all that was
In the long ago.

끝

사랑, 죽음만큼 강한 사랑이, 죽었어요.
자, 사랑의 침상을 만들어요.
죽어 가는 꽃들 사이에:
그의 머리맡에는 푸른 뗏장을;
그의 발치엔 돌 하나 놓고요,
조용한 저녁 시간에
우리가 거기 앉아 있겠지요.

그는 봄에 태어나,
추수하기 전에 죽었어요:
마지막으로 무더웠던 여름날에
우리 곁을 떠났어요; 춥고 우중충한 가을철
황혼을 위해 그는 머무르지 않았어요.
우리는 그의 무덤 옆에 앉아서, 노래하네요
그는 떠나가 버렸어요.

슬프고 낮게 화음을 거의 넣지 않고
우리는 이렇게 노래하네요:
세월이 흐르면 그림자 드리워질
잔디밭에 우리 시선을 두고
우리는 생각해요, 이 모든
오래전 일을.

MY DREAM

Here now a curious dream I dreamed last night,
Each word whereof is weighed and sifted truth.

I stood beside Euphrates while it swelled
Like overflowing Jordan in its youth:
It waxed and coloured sensibly to sight;
Till out of myriad pregnant waves there welled
Young crocodiles, a gaunt blunt-featured crew,
Fresh-hatched perhaps and daubed with birthday dew.
The rest if I should tell, I fear my friend
My closest friend would deem the facts untrue;
And therefore it were wisely left untold;
Yet if you will, why, hear it to the end.

Each crocodile was girt with massive gold
And polished stones that with their wearers grew:
But one there was who waxed beyond the rest,
Wore kinglier girdle and a kingly crown,
Whilst crowns and orbs and sceptres starred his breast.
All gleamed compact and green with scale on scale,
But special burnishment adorned his mail
And special terror weighed upon his frown;

나의 꿈

여기 내가 간밤에 꾼 이상한 꿈 하나 들어 보세요.
단어 하나 하나가 다 묵직하게 체로 친 진실이랍니다.

나는 유프라테스강 가에 서 있었어요, 강은
한창때 범람하는 요르단강처럼 부풀어 올랐고요.
강은 점점 불어나 눈에 확연히 띄게 색깔을 입었네요.
부풀어 오른 무수한 물결에서 어린 악어들,
삐쩍 마른 무뚝뚝하게 생긴 일당들이 나오네요,
아마 갓 부화한 듯, 생일 이슬을 흩뿌린 것 같아요.
나머지도 얘기해야 한다면, 친구여 겁이 나요
내 가장 친한 친구라 해도 가짜라고 여길 거예요;
그러므로 차라리 말을 않고 놔두는 게 낫겠어요;
하지만 당신이 원한다면, 뭐, 끝까지 한번 들어 보세요.

악어 하나하나가 다 엄청난 금과 광택 나는 돌들을
걸치고 있어서 악어들이 다 돋보였어요. 그런데
나머지 군단들보다 더 빛나는 악어가 하나 있었는데,
왕이 두르는 허리띠와 왕이 쓰는 왕관을 하고 있었어요.
왕관과 십자가 보주와 홀은 가슴에 별처럼 박혔고요,
차곡차곡한 푸른 비늘도 유난히 더 번쩍였어요.
특별한 광채가 악어 등딱지를 장식하고 있었고요,
악어 이마에 특별한 공포가 드리워 있었어요.

His punier brethren quaked before his tail,
Broad as a rafter, potent as a flail.
So he grew lord and master of his kin:
But who shall tell the tale of all their woes?
An execrable appetite arose,
He battened on them, crunched, and sucked them in.
He knew no law, he feared no binding law,
But ground them with inexorable jaw:
The luscious fat distilled upon his chin,
Exuded from his nostrils and his eyes,
While still like hungry death he fed his maw;
Till every minor crocodile being dead
And buried too, himself gorged to the full,
He slept with breath oppressed and unstrung claw.
Oh marvel passing strange which next I saw:
In sleep he dwindled to the common size,
And all the empire faded from his coat.
Then from far off a wingèd vessel came,
Swift as a swallow, subtle as a flame:
I know not what it bore of freight or host,
But white it was as an avenging ghost.
It levelled strong Euphrates in its course;

연약한 어린 악어들은 그의 꼬리 앞에서 떨고 있네요,
그 꼬리는 서까래처럼 넓고 도리깨처럼 강력했어요.
그렇게 그가 그 무리의 군주이자 지배자가 되었지만:
그런데 누가 그 모든 비애의 이야기를 말할 수 있겠어요?
그 악어는 걷잡을 수 없는 식욕이 발동해서
다른 악어들을 으드득으드득 깨물어 삼켜 먹어 치웠어요.
그는 법을 몰랐고 구속력 있는 법도 무섭지 않았어요,
냉혹한 턱으로 악어들을 으적으적 해치웠어요:
감미로운 비계가 그의 턱으로 흘러 나왔고
콧구멍과 눈에서도 줄줄 흘러내렸어요.
여전히 굶주린 죽음처럼 그는 자기 위를 채웠어요;
마침내 작은 악어까지 모두 다 죽여서 실컷
물리도록 먹어 그의 뱃속에 묻히게 되자
발톱을 느슨히 하고 무겁게 숨을 몰아쉬며 잠을 잤어요.
아, 그다음에 내가 본 건, 이상하게 경이로움이 지나간 것.
잠자는 동안 그는 보통 크기로 줄어들더니
왕권을 가리키던 모든 것이 껍데기에서 다 사라졌어요.
그러고는 멀리서 날개 달린 듯한 배가 한 척 왔어요,
제비처럼 날렵하게 불꽃처럼 은은하게요:
짐을 싣고 있는지 사람을 태운 건지 모르겠지만,
배는 복수의 유령처럼 새하얬어요.
배는 강한 유프라테스강과 견줄 듯 항로를 나아갔어요.

Supreme yet weightless as an idle mote
It seemed to tame the waters without force
Till not a murmur swelled or billow beat:
Lo, as the purple shadow swept the sands,
The prudent crocodile rose on his feet
And shed appropriate tears and wrung his hands.

What can it mean? you ask. I answer not
For meaning, but myself must echo, What?
And tell it as I saw it on the spot.

멋지게 하나 한가로운 티끌처럼 가볍게
배는 강물을 힘들이지 않고 길들이는 듯
웅성거림도 없었고 파도도 일렁이지 않았어요:
아, 그 보라색 그림자가 모래를 휩쓸고 가자,
그 꾀 많은 악어가 벌떡 일어나더니
적당히 눈물을 흘리고 주먹을 쥐는 거예요.

그건 무슨 의미죠? 당신이 물으면 그 의미에 대해선
답하지 않겠어요. 하지만 나 자신 되물어야겠지요, 무얼?
그리고 그 자리에서 본 그대로 말해야겠지요.

SONG

Oh roses for the flush of youth,
  And laurel for the perfect prime;
But pluck an ivy branch for me
  Grown old before my time.

Oh violets for the grave of youth,
  And bay for those dead in their prime;
Give me the withered leaves I chose
  Before in the old time.

노래

아, 젊음의 홍조를 위한 장미들,
　그리고 완벽한 황금기를 위한 월계관;
하지만 날 위해 담쟁이덩굴 가지를 꺾어 주세요
　내 시절 이전에 먼저 늙어 버린.

아, 청춘의 무덤을 위한 제비꽃,
　그리고 한창때 죽은 자들을 위한 월계수;
그 시든 이파리들 내게 주세요
　전에 그 옛날에 내가 골랐던.

THE HOUR AND THE GHOST

BRIDE

O love, love, hold me fast,
He draws me away from thee;
I cannot stem the blast,
Nor the cold strong sea:
Far away a light shines
Beyond the hills and pines;
It is lit for me.

BRIDEGROOM

I have thee close, my dear,
No terror can come near;
Only far off the northern light shines clear.

GHOST

Come with me, fair and false,
To our home, come home.
It is my voice that calls:
Once thou wast not afraid
When I woo'd, and said,

그 시간과 그 유령

신부

아, 사랑, 사랑이여, 나를 꼭 안아 주세요,
그가 나를 당신에게서 끌어내고 있어요;
나는 그 강풍을 막을 수 없어요,
그 차디찬 바다도 마찬가지:
멀리 불빛 하나 반짝이네요.
언덕과 솔숲 너머;
나를 위해 켜진 불.

신랑

나는 당신 가까이 있어요, 내 사랑,
어떤 공포도 다가올 수 없어요;
다만 저 멀리 북쪽 불빛만 밝게 빛나네요.

유령

나와 함께 가요, 옳고도 그릇된 나,
우리 집으로, 우리 집으로 와요.
부르는 건 내 목소리예요:
한때 당신은 두려워하지 않았지요
내가 구애했을 때. 그리고 말했죠.

"Come, our nest is newly made" —
Now cross the tossing foam.

BRIDE

Hold me one moment longer!
He taunts me with the past,
His clutch is waxing stronger;
Hold me fast, hold me fast.
He draws me from thy heart,
And I cannot withhold:
He bids my spirit depart
With him into the cold: —
Oh bitter vows of old!

BRIDEGROOM

Lean on me, hide thine eyes:
Only ourselves, earth and skies,
Are present here: be wise.

"어서 와, 우리 둥지가 새로 만들어졌어." ─
이제 그 흔들리는 포말을 건너요.

　　　신부
잠깐만 더 나를 잡아 주세요!
과거를 갖고 그가 나를 조롱하고,
그의 손아귀는 점점 더 커지고 있네요;
나를 꽉 잡아 주세요, 나를 꽉 잡아 주세요.
그가 당신 가슴에서 나를 끌어내네요,
나는 버틸 수 없고요:
그가 내 영혼을 떠나게 하네요.
그와 함께 추위 속으로: ─
오, 그 쓰라린 옛날의 서약!

　　　신랑
내게 기대요, 그대 눈을 가리고:
오직 우리만, 땅과 하늘만,
여기 있네요: 지혜롭기를.

GHOST

Lean on me, come away,
I will guide and steady:
Come, for I will not stay:
Come, for house and bed are ready.
Ah, sure bed and house,
For better and worse, for life and death:
Goal won with shortened breath!:
Come, crown our vows.

BRIDE

One moment, one more word,
While my heart beats still,
While my breath is stirred
By my fainting will.
O friend, forsake me not,
Forget not as I forgot:
But keep thy heart for me,
Keep thy faith true and bright;
Through the lone cold winter night
Perhaps I may come to thee.

유령

내게 기대요, 이리 와,
내가 안내하고 붙잡아 줄 거요:
오세요, 나는 머물지 않을 것이니:
오세요, 집과 침대가 준비되었으니.
아, 물론 침대와 집,
좋든 나쁘든, 삶과 죽음을 위해서라면:
짧아진 호흡으로 목표는 이루어졌고!:
와서, 우리 맹세에 왕관을 씌워요.

신부

잠깐만, 한 마디만 더 할게요.
내 심장이 아직 뛰는 동안,
내 희미한 의지로
내 숨결이 요동하는 동안.
오 친구여, 나를 버리지 말아 줘,
내가 잊었던 것처럼 잊어버리지는 마:
네 마음을 나를 위해 간직해 줘,
네 믿음을 진실하고 밝게 지키렴;
외롭고 추운 겨울밤 내내
나 네게로 갈지도 몰라.

BRIDEGROOM

Nay peace, my darling, peace:

Let these dreams and terrors cease:

Who spoke of death or change or aught but ease?

GHOST

O fair frail sin,

O poor harvest gathered in!

Thou shalt visit him again

To watch his heart grow cold:

To know the gnawing pain

I knew of old;

To see one much more fair

Fill up the vacant chair,

Fill his heart, his children bear: —

While thou and I together,

In the outcast weather,

Toss and howl and spin.

신랑

아니야, 평화, 내 사랑, 평화여:

이 꿈과 공포가 멈추게 하라:

죽음, 변화, 혹은 다만 안녕을 누가 말했던가?

유령

오, 온당하고 연약한 죄악이여,

오, 초라한 수확이구나!

네가 그를 다시 방문하리니,

그의 심장이 차가워지는 것을 보려고:

내가 옛날부터 알고 있던

갉아먹는 고통을 알려고;

훨씬 더 아름다운 이가

그 빈 의자를 채우는 걸 보려고,

그의 마음을 채우고, 아이들을 낳는 것을: ──

그대와 내가 함께

그 궂은 날씨에,

흔들리고 울부짖고 빙빙 도네.

A SUMMER WISH

Live all thy sweet life thro',
  Sweet Rose, dew-sprent,
Drop down thine evening dew
To gather it anew
When day is bright:
  I fancy thou wast meant
Chiefly to give delight.

Sing in the silent sky,
  Glad soaring bird;
Sing out thy notes on high
To sunbeam straying by
Or passing cloud;
  Heedless if thou art heard
Sing thy full song aloud.

O that it were with me
  As with the flower;
Blooming on its own tree
For butterfly and bee
Its summer morns:
  That I might bloom mine hour

여름 소망

그대 향기로운 인생을 끝까지 누리세요,
　이슬 머금은 향기로운 장미여,
그대의 저녁 이슬을 떨구어 버리고
날이 밝으면
새롭게 모으세요:
　아마 그대는 기쁨을
주려 한 것으로 생각되어요.

고요한 하늘에서 노래하세요,
　기쁘게 날아오르는 새여;
그대의 곡조를 드높이 노래하세요
퍼져 나가는 햇살에게
아님 지나는 구름에게;
　그대 노래 들리든 않든 상관 말고
그대 그득한 노래를 크게 부르세요.

아, 저 꽃처럼
　나도 그러했으면;
여름 아침
제 나무에 꽃을 피워
벌과 나비와 날아들었으면:
　가시에도 불구하고 장미가 피듯

A rose in spite of thorns.

O that my work were done
  As birds' that soar
Rejoicing in the sun:
That when my time is run
And daylight too,
  I so might rest once more
Cool with refreshing dew.

나도 내 시간을 활짝 피웠으면.

아, 나의 일도
　햇살 아래 기뻐하는
비상하는 새들처럼 이루어졌으면:
내 시간이 다 되어서
햇살도 또한 다 되어서
　나 또한 한 번 더 쉬었으면,
싱그러운 이슬에 시원해져서.

AN APPLE-GATHERING

I plucked pink blossoms from mine apple-tree
  And wore them all that evening in my hair:
Then in due season when I went to see
  I found no apples there.

With dangling basket all along the grass
  As I had come I went the selfsame track:
My neighbours mocked me while they saw me pass
  So empty-handed back.

Lilian and Lilias smiled in trudging by,
  Their heaped-up basket teased me like a jeer;
Sweet-voiced they sang beneath the sunset sky,
  Their mother's home was near.

Plump Gertrude passed me with her basket full,
  A stronger hand than hers helped it along;
A voice talked with her through the shadows cool
  More sweet to me than song.

사과 수확

분홍 꽃을 땄어요 내 사과나무에서
　그날 저녁 내내 머리에 꽂고 있었어요:
　그러고 나서 수확할 때가 되어 가 보니,
　거기 사과가 하나도 없는 거예요.

빈 바구니 덜렁거리며 풀밭을 따라
　갔던 길을 그대로 되돌아올 때:
　이웃 사람들은 빈손으로 돌아오는 내가
　지나는 걸 보고는 나를 비웃었어요.

릴리안과 릴리아스가 웃으며 터벅터벅 지나갔는데
　그 애들 사과 꽉 찬 바구니는 나를 놀리는 듯했어요;
　달달한 목소리로 노을 지는 하늘 아래 노랠 부르네요,
　그 아이들 엄마 집은 가까웠어요.

통통한 거트루드가 사과 가득한 바구니를 들고 나를
지나갔는데,
　그 애보다 더 힘센 일손들이 그 앨 돕고 있었죠;
　서늘한 그늘을 지나가며 그 아이와 얘기하는 목소리는
　내겐 노래보다 더 달콤했어요.

Ah Willie, Willie, was my love less worth
  Than apples with their green leaves piled above?
I counted rosiest apples on the earth
  Of far less worth than love.

So once it was with me you stooped to talk
  Laughing and listening in this very lane:
To think that by this way we used to walk
  We shall not walk again!

I let me neighbours pass me, ones and twos
  And groups; the latest said the night grew chill,
And hastened: but I loitered, while the dews
  Fell fast I loitered still.

아, 윌리, 윌리, 내 사랑은 초록 이파리 수북히
　덮인 사과보다도 보잘것없는 것이었나요?
나는 지상에서 가장 붉은 사과들을
　사랑보다 훨씬 더 보잘것없다고 셈을 했네요.

한때는 그래도 당신 나와 함께 바로 이 오솔길에서
　웃고 귀 기울이며 수그려 이야기하며 걸었죠:
우리가 걷곤 했던 이 길을 다시는 함께
　걷지 못한다고 생각하니!

나는 이웃들이 하나씩 둘씩 혹은 무리지어
　나를 지나가게 했어요; 마지막으로 지나는 이웃이
밤이 쌀쌀해졌다며 걸음을 재촉했어요: 하지만 나는
꾸물거렸죠,
　이슬이 빠르게 내렸지만 나는 계속 꾸물거렸죠.

SONG

Two doves upon the selfsame branch,
  Two lilies on a single stem,
Two butterflies upon one flower: —
  O happy they who look on them.

Who look upon them hand in hand
  Flushed in the rosy summer light;
Who look upon them hand in hand
  And never give a thought to night.

노래

같은 나뭇가지 위에 비둘기 두 마리,
　하나의 줄기에 피어난 백합 두 송이,
한 송이 꽃에 앉은 나비 두 마리: ―
　아, 바라보는 이들은 행복하리니.

장밋빛 여름 햇살에 발갛게 물들어
　손에 손을 잡고 바라보는 이들은;
밤이 오리란 건 전혀 생각 못 하고
　손에 손을 잡고 바라보는 이들은.

MAUDE CLARE

Out of the church she followed them
With a lofty step and mien:
His bride was like a village maid,
Maude Clare was like a queen.

"Son Thomas," his lady mother said,
With smiles, almost with tears:
"May Nell and you but live as true
As we have done for years;

"Your father thirty years ago
Had just your tale to tell;
But he was not so pale as you,
Nor I so pale as Nell."

My lord was pale with inward strife,
And Nell was pale with pride;
My lord gazed long on pale Maude Clare
Or ever he kissed the bride.

"Lo, I have brought my gift, my lord,
Have brought my gift," she said:

모드 클레어

교회에서 그녀는 그들을 따라 나왔어요.
　고상한 걸음걸이와 태도로.
그의 신부는 시골 아가씨 같았고
　모드 클레어는 여왕 같았고요.

"아들 토머스야" 그의 귀부인 어머니가 말했어요,
　미소를 지으며, 눈물을 겨우 참으며:
"넬과 너는 부디 진실하게 살면 좋겠네
　우리가 몇십 년 동안 그래 온 것처럼.

30년 전 네 아버지도
　마침 너와 같은 사연이 있었어.
하지만 그이는 너처럼 창백하지 않았어.
　나도 넬처럼 창백하진 않았고."

그분께서는 내면의 싸움으로 창백했고,
　넬은 자존심으로 창백했어요;
그분께서는 창백한 모드 클레어를 오래 바라보았죠
　하지만 그는 신부에게 키스했어요.

"아, 제 선물을 가지고 왔어요, 당신,
　제 선물을 가져왔어요," 그녀가 말했어요:

"To bless the hearth, to bless the board,
To bless the marriage-bed.

"Here's my half of the golden chain
You wore about your neck,
That day we waded ankle-deep
For lilies in the beck:

"Here's my half of the faded leaves
We plucked from the budding bough,
With feet amongst the lily leaves, —
The lilies are budding now."

He strove to match her scorn with scorn,
He faltered in his place:
"Lady," he said, — "Maude Clare," he said, —
"Maude Clare," — and hid his face.

She turn'd to Nell: "My Lady Nell,
I have a gift for you;
Though, were it fruit, the blooms were gone,
Or, were it flowers, the dew.

"난로를 축복하고 식탁을 축복하기 위해,
　결혼 침상을 축복하기 위해.

이건 당신이 목에 걸고 다녔던
　황금 목걸이 나의 반쪽.
그날 우리 그 샛강의 백합을 보려고
　발목 깊이 물을 찰박찰박 걸었잖아요:

여기 빛바랜 잎사귀 내 반쪽이 있네요.
　싹을 틔운 가지에서 우리가 뜯은 것,
백합 잎사귀 사이에 발을 딛고선, ──
　그 백합들 지금 봉오리가 올라오네요."

그는 그녀의 경멸을 경멸로 응대하려 애썼어요.
　그는 그 자리에서 머뭇거렸어요:
"여인아," 그가 말했어요, ── "모드 클레어," 그가
말했어요, ──
　"모드 클레어," ── 그러곤 얼굴을 가렸어요.

모드 클레어는 넬에게 몸을 돌려 "나의 여인 넬,
　선물이 하나 있어요;
과일이었다면, 꽃은 이미 졌지만.

"Take my share of a fickle heart,
  Mine of a paltry love:
Take it or leave it as you will,
  I wash my hands thereof."

"And what you leave," said Nell, "I'll take,
  And what you spurn, I'll wear;
For he's my lord for better and worse,
  And him I love Maude Clare.

"Yea, though you're taller by the head,
  More wise and much more fair:
I'll love him till he loves me best,
  Me best of all, Maude Clare."

아님, 꽃이었다면, 이슬 다 사라졌겠지만.

내 몫의 변덕스러운 심장을 가지세요.
　내 시시한 사랑을:
가지고 가든지 그냥 놔두든지 원하실 대로,
　나는 이제 손을 씻을래요."

"당신이 남기는 걸," 넬이 말했어요, "내가 가질래요.
　당신이 퇴짜 놓는 건, 내가 입을래요;
싫든 좋든 그이가 나의 그분이니,
　나는 그이를 사랑해요, 모드 클레어.

그래, 당신이 키도 머리 하나쯤 더 크고
　더 현명하고 훨씬 더 예쁘긴 하지만요:
그이가 다른 누구보다 나를, 나를 제일 사랑할 때까지
　나는 그이를 사랑할 거예요, 모드 클레어."

ECHO

Come to me in the silence of the night;
  Come in the speaking silence of a dream;
Come with soft rounded cheeks and eyes as bright
  As sunlight on a stream;
    Come back in tears,
O memory, hope, love of finished years.

Oh dream how sweet, too sweet, too bitter sweet,
  Whose wakening should have been in Paradise,
Where souls brimfull of love abide and meet;
  Where thirsting longing eyes
    Watch the slow door
That opening, letting in, lets out no more.

Yet come to me in dreams, that I may live
  My very life again tho' cold in death:
Come back to me in dreams, that I may give
  Pulse for pulse, breath for breath:
    Speak low, lean low,
As long ago, my love, how long ago.

에코[3]

내게로 오세요, 밤의 고요 속에서;
　조잘대는 꿈의 고요 속으로 들어오세요;
보드랍고 둥근 뺨과 냇물에 비친
　햇살처럼 반짝이는 눈으로 오세요;
　　눈물 그렁그렁 돌아오세요,
아, 가 버린 세월의 추억, 희망이여, 사랑이여.

아, 달콤한, 너무 달콤한, 너무 쓰리고 달콤한 꿈이여,
　깨어 보니 낙원에 있었던 것만 같아,
사랑 넘치는 영혼들이 살고 만나는 곳;
　애타게 갈망하는 눈들이
　　열고 들어가 더는 나오지 않는
그 느린 문을 바라보는 곳.

그래도 꿈에서라도 내게로 와 주세요, 죽어
　차갑더라도 내 인생 다시 살 수 있을 터이니:
꿈에서라도 내게로 돌아오세요, 그래야 내가
　맥박엔 맥박으로, 숨결에는 숨결로 화답할 수 있으니:
　　나직이 말해 주세요, 나직이 기대어 주세요,
옛날처럼, 내 사랑, 그 먼 옛날처럼.

WINTER: MY SECRET

I tell my secret? No indeed, not I;
Perhaps some day, who knows?
But not today; it froze, and blows and snows,
And you're too curious: fie!
You want to hear it? well:
Only, my secret's mine, and I won't tell.

Or, after all, perhaps there's none:
Suppose there is no secret after all,
But only just my fun.
Today's a nipping day, a biting day;
In which one wants a shawl,
A veil, a cloak, and other wraps:
I cannot ope to everyone who taps,
And let the draughts come whistling thro' my hall;
Come bounding and surrounding me,
Come buffeting, astounding me,
Nipping and clipping thro' my wraps and all.
I wear my mask for warmth: who ever shows
His nose to Russian snows
To be pecked at by every wind that blows?
You would not peck? I thank you for good will,

겨울: 나의 비밀

내 비밀을 말해 볼까? 아니, 나는 아니야;
아마도 언젠가는, 누가 알겠어?
하지만 오늘은 아니야; 얼어붙은 날, 바람 불고 눈 내리고,
그런데 넌 호기심이 너무 많은걸: 쯧쯧!
듣고 싶니? 글쎄:
근데, 내 비밀은 내 것, 나 말 않을래.

아니면, 결국, 아마도 없을지도 모르지:
그냥 비밀이 없다고 생각해 보자고,
그냥 다만 재미로.
오늘은 얼얼한 날, 살을 에는 날;
숄이 필요한 날,
베일이, 망토가, 덮어 쓸 게 필요한 날:
나는 똑똑 하는 이 모두에게 문을 열어 줄 순 없어,
찬바람이 휘휘 내 거실로 들어오고;
껑충껑충 들어와 나를 에워싸고,
흔들흔들 들어와 나를 놀래키고,
나를 덮은 망토와 숄을 꼬집고 때리고.
따뜻하려고 나는 마스크를 쓰네: 대체 누가
러시아에서 불어오는 눈발에 코를 보여 줄까,
강타하는 바람에 쪼일지도 모르는데?
너는 쪼지 않겠다고? 네 호의는 고마워,

Believe, but leave the truth untested still.

Spring's an expansive time: yet I don't trust
March with its peck of dust,
Nor April with its rainbow-crowned brief showers,
Nor even May, whose flowers
One frost may wither thro' the sunless hours.

Perhaps some languid summer day,
When drowsy birds sing less and less,
And golden fruit is ripening to excess,
If there's not too much sun nor too much cloud,
And the warm wind is neither still nor loud,
Perhaps my secret I may say,
Or you may guess.

믿어 줘, 하지만 진실은 시험하지 말고 그냥 내버려 둬.

봄은 팽창하는 시간: 하지만 나는 믿지 않아
먼지 점점이 날리는 3월은,
무지개 왕관 쓰고 소나기 잠시 내리는 4월도,
5월조차도, 5월의 꽃도
해 없는 때 한 번의 서리로 시들어 버릴 테니.

아마 어떤 나른한 여름날,
졸린 새들 노래가 점점 잦아들 때쯤,
황금빛 과일이 농익어 갈 때쯤,
해는 너무 강하지 않고 구름도 너무 많지 않고,
따스한 바람이 잠잠하지도 야단스럽지도 않을 때;
어쩌면 내 비밀을 내가 말할지도 몰라,
아니면 네가 한번 맞혀 봐.

ANOTHER SPRING

If I might see another Spring
 I'd not plant summer flowers and wait:
I'd have my crocuses at once,
My leafless pink mezereons,
 My chill-veined snowdrops, choicer yet
 My white or azure violet,
Leaf-nested primrose; anything
 To blow at once not late.

If I might see another Spring
 I'd listen to the daylight birds
That build their nests and pair and sing,
Nor wait for mateless nightingale;
 I'd listen to the lusty herds,
 The ewes with lambs as white as snow,
I'd find out music in the hail
 And all the winds that blow.

If I might see another Spring —
 O stinging comment on my past
That all my past results in "if" —
 If I might see another Spring

또 한 번의 봄

내가 만일 봄을 한 번 더 맞는다면,
　나는 여름 꽃들을 심고 기다리지 않을 거예요:
내 크로커스를 당장 가질 거예요,
잎이 없는 분홍 팥꽃나무꽃과
　차가운 혈관을 가진 스노드롭과, 더 고르자면,
　하얀색이나 하늘색 제비꽃도,
잎 속에 둥지 튼 앵초꽃도. 늦지 않게 당장
　볼 수 있는 어떤 꽃이라도.

내가 만일 봄을 한 번 더 맞는다면,
　나는 대낮의 새들 노래를 들을 거예요.
자기 집 짓고 짝 찾아 날아다니며 노래하는 새들,
짝 없는 나이팅게일이 밤에 부르는 노래가 아니라;
　나는 활기찬 양 떼 소릴 들을 거예요,
　눈처럼 흰 새끼 양들을 데리고 있는 어미 양들을,
나는 불어오는 모든 바람과
　우박 속에서 음악을 찾아낼 거예요.

만일 내가 봄을 한 번 더 맞는다면 ―
　아, 내 모든 과거가 "만일"로 끝나 버린
내 과거에 대한 따끔한 말을 할 거예요 ―
　내가 만일 봄을 한 번 더 맞는다면,

I'd laugh to-day, to-day is brief;

I would not wait for anything:

   I'd use to-day that cannot last,

    Be glad to-day and sing.

나는 오늘 실컷 웃을 거예요, 오늘은 짧아요;
나는 아무것도 기다리지 않을 거예요:
 지속할 수 없는 오늘을 다 쓸 거예요,
 오늘을 기뻐하고 노래할 거예요.

A PEAL OF BELLS

Strike the bells wantonly,
  Tinkle tinkle well;
Bring me wine, bring me flowers,
  Ring the silver bell.
All my lamps burn scented oil,
  Hung on laden orange-trees,
Whose shadowed foliage is the foil
  To golden lamps and oranges.
Heap my golden plates with fruit,
  Golden fruit, fresh-plucked and ripe;
  Strike the bells and breathe the pipe;
Shut out showers from summer hours —
Silence that complaining lute?
  Shut out thinking, shut out pain,
  From hours that cannot come again.

Strike the bells solemnly,
  Ding dong deep:
My friend is passing to his bed,
  Fast asleep;
There's plaited linen round his head,
  While foremost go his feet —

큰 종소리

되는대로 종을 쳐 보세요,
  땡땡 잘도 쳐 보세요;
와인을 가져오세요, 꽃을 가져오세요,
  은 종을 울려 보세요.
주렁주렁 오렌지나무에 매달린,
  내 모든 등불은 향유로 불타고요,
그늘진 오렌지나무 잎들은
  황금빛 등불과 오렌지 뒤에 드리워져 있고요.
내 황금 접시들에 과일을 쌓아 올려요,
  막 딴 잘 익은 황금 과일을요;
  종을 치고 파이프를 부세요;
여름날 소나기를 그치게 하세요 ─
찡얼거리는 류트를 잠재우나요?
  다시는 오지 못할 이 시간으로부터
  생각을 닫아걸고, 고통을 닫으세요.

엄숙하게 종을 치세요,
  뎅뎅 딩딩 깊이 울리게요:
내 친구는 침상으로 가더니,
  곯아떨어졌어요;
머리에 땋은 아마를 두르고,
  그런데 발이 먼저 갔네요 ─

His feet that cannot carry him.
My feast's a show, my lights are dim;
  Be still, your music is not sweet, ——
There is no music more for him:
  His lights are out, his feast is done;
His bowl that sparkled to the brim
Is drained, is broken, cannot hold;
My blood is chill, his blood is cold;
  His death is full, and mine begun.

그를 데려갈 수 없는 그의 발이.
나의 잔치는 하나의 쇼, 내 불빛은 희미해요;
 가만 있어요, 음악이 즐겁지 않아요, ──
그에게 들려줄 음악이 더는 없네요:
 그의 불빛은 꺼졌고, 잔치는 끝났고요;
가장자리까지 찰랑이던 술잔은
텅 비어, 깨지고, 술을 담을 수 없어요;
내 피는 싸늘하고, 그의 피는 차가워요;
 그의 죽음은 한창, 나의 죽음은 막 시작했어요.

FATA MORGANA

A blue-eyed phantom far before
  Is laughing, leaping toward the sun;
Like lead I chase it evermore,
    I pant and run.

It breaks the sunlight bound on bound;
  Goes singing as it leaps along
To sheep-bells with a dreamy sound
    A dreamy song.

I laugh, it is so brisk and gay;
  It is so far before, I weep:
I hope I shall lie down some day,
    Lie down and sleep.

파타 모르가나[4]

한참 앞에 푸른 눈의 유령이
　태양을 향해 뛰어가며 웃고 있어요;
납처럼 나는 그것을 더 쫓아가네요,
　숨을 헐떡이며 달리네요.

유령이 단단히 묶여 있는 햇살을 깨뜨리네요;
　노래를 부르네요. 꿈결 같은 소리로
양한테 달린 종을 따라 뛰면서
　꿈결 같은 노래예요.

나는 웃어요, 너무나 신나고 즐거운걸요;
　앞에는 너무나 멀어서, 나는 울어요:
어느 날엔가는 나는 누웠으면 좋겠어요.
　누워서 자고 싶어요.

"NO, THANK YOU, JOHN"

I never said I loved you, John:
  Why will you tease me, day by day,
And wax a weariness to think upon
  With always "do" and "pray"?

You know I never loved you, John;
  No fault of mine made me your toast:
Why will you haunt me with a face as wan
  As shows an hour-old ghost?

I dare say Meg or Moll would take
  Pity upon you, if you'd ask:
And pray don't remain single for my sake
  Who can't perform that task.

I have no heart? — Perhaps I have not;
  But then you're mad to take offence
That I don't give you what I have not got:
  Use your common sense.

Let bygones be bygones:
  Don't call me false, who owed not to be true:

"그만 됐거든요, 존"

사랑한다고 말한 적 없어, 존:
　왜 매일매일 날 놀리려고 하는지,
그리고 항상 "하고" 또 "기도하고"라는 말로
　생각만 해도 더 지겹게 만드는지?

한번도 널 사랑하지 않았어, 알지, 존;
　네게 건배하게 한 것도 내 잘못 아니야:
왜 한 시간 된 유령처럼 창백한 얼굴을 하고서
　나를 졸졸 따라다니려는 거야?

네가 청한다면 메그나 몰은
　너를 가련히 여길 거라고:
그러니 나를 위해 결혼 않고 있지는 않기를 기도해
　그 정도 일이야 누가 못 하겠어.

내가 무정하다고? ── 아마도 그럴지도;
　그런데 그러면 넌 내가 가지고 있지도 않은 걸
주지 않았다고 화를 내고 있는 거네:
　좀 상식적으로 굴어.

지난 일은 지난 일로 하자고:
　나를 거짓되다고 하지 마, 나는 그래야만 하니까.

I'd rather answer "No" to fifty Johns
    Than answer "Yes" to you,

Let's mar our pleasant days no more,
    Song-birds of passage, days of youth:
Catch at to-day, forget the days before:
    I'll wink at your untruth.

Let us strike hands as hearty friends;
    No more, no less: and friendship's good:
Only don't keep in view ulterior ends,
    And points not understood

In open treaty. Rise above
    Quibbles and shuffling off and on:
Here's friendship for you if you like; but love, —
    No, thank you, John.

너한테 "예" 하느니 50명의 존에게
　"아니오" 하는 게 낫겠어.

우리 즐거운 날들 더는 망치지 말자,
　젊음의 날들, 시절의 새의 노래:
오늘을 붙잡고 이전 날은 잊자:
　너의 거짓에 윙크해 줄게.

정다운 친구처럼 손을 잡자고;
　더도 말고 덜도 말고: 그리고 우정은 좋아:
단지 숨은 목적과 이해되지 않은 점들은,
　염두에 두지 않기로 해

공개적인 협정으로. 위로 손,
　이따금씩 옥신각신 발뺌하고:
네가 원한다면 자, 여기 우정을; 하지만 사랑은 ─
　그만 됐거든요, 존.

MAY

I cannot tell you how it was;
But this I know: it came to pass
Upon a bright and sunny day
When May was young; ah, pleasant May!
As yet the poppies were not born
Between the blades of tender corn;
The last egg had not hatched as yet,
Nor any bird foregone its mate.

I cannot tell you what it was,
But this I know: it did but pass.
It passed away with sunny May,
Like all sweet things it passed away,
And left me old, and cold, and gray.

5월

그게 어땠는지 말해 줄 수 없어요;
하지만 이건 알아요: 그게 지나갔다는 걸,
화창하고 선선한 날에.
5월이 어렸을 때; 아, 즐거운 5월!
연한 옥수수 잎사귀들 사이에서
양귀비는 아직 태어나지 않았고;
마지막 알은 아직 부화하지 않았지,
어떤 새도 제 짝을 앞서가지 않았고.

그게 뭔지는 말할 수 없지만,
이건 알고 있지요. 그게 지나갔다는 것.
화창한 5월과 함께 그건 사라졌어요,
모든 달콤한 것들과 함께 그건 사라졌어요,
나를 늙고, 차갑고, 회색빛으로 남겨 놓은 채.

A PAUSE OF THOUGHT

I looked for that which is not, nor can be,
  And hope deferred made my heart sick in truth:
  But years must pass before a hope of youth
    Is resigned utterly.

I watched and waited with a steadfast will:
  And though the object seemed to flee away
  That I so longed for, ever day by day
    I watched and waited still.

Sometimes I said: This thing shall be no more;
  My expectation wearies and shall cease;
  I will resign it now and be at peace:
    Yet never gave it o'er.

Sometimes I said: It is an empty name
  I long for; to a name why should I give
  The peace of all the days I have to live? —
    Yet gave it all the same.

Alas, thou foolish one! alike unfit
  For healthy joy and salutary pain:

멈추어 하는 생각

아닌 것, 그리 될 수 없는 것을 나는 기대했어요,
　　그리고 유예된 희망은 내 마음을 진실로 아프게 했어요:
　　하지만 젊음의 희망이 완전히 가시기도 전에
　　　세월은 흐르네요.

확고한 의지를 갖고 나는 지켜보고 기다렸어요:
　　그리고 내가 그토록 오래, 매일매일 갈망한
　　대상이 비록 도망치는 것 같았지만
　　　나는 지켜보고 여전히 기다렸어요.

때때로 나는 말했어요: 이건 더는 아니 될 것이야;
　　나의 기대는 지쳤고 이제 그만 해야 해요;
　　나는 이제 포기하고 평화를 찾을래요:
　　　하지만 결코 그만두지는 않았어요.

때때로 나는 말했어요: 그건 내가 갈망하는
　　텅 빈 이름; 이름 하나를 위해 내가 왜
　　지금 살아야 하는 모든 날들의 평화를 내놓는가? —
　　　하지만 여전히 그걸 내놓았지요.

아아, 바보같은 사람! 건강한 기쁨과
　　유익한 고통에 똑같이 어울리지 않는:

Thou knowest the chase useless, and again
  Turnest to follow it.

그대는 그 추적이 쓸모없음을 안다오, 그러고도
다시 한번 그걸 따르려고 한다오.

TWILIGHT CALM

Oh, pleasant eventide!
   Clouds on the western side
Grow grey and greyer, hiding the warm sun:
The bees and birds, their happy labours done,
   Seek their close nests and bide.

Screened in the leafy wood
   The stock-doves sit and brood:
The very squirrel leaps from bough to bough
But lazily; pauses; and settles now
   Where once he stored his food.

One by one the flowers close,
   Lily and dewy rose
Shutting their tender petals from the moon:
The grasshoppers are still; but not so soon
   Are still the noisy crows.

The dormouse squats and eats
   Choice little dainty bits
Beneath the spreading roots of a broad lime
Nibbling his fill he stops from time to time

해 질 무렵의 고요

오, 즐거운 저녁때!
서쪽에서 구름들이
잿빛으로, 더 잿빛으로 변해 가요, 따스한 해를 가리며.
벌들과 새들은 행복한 노동을 마치고,
아늑한 보금자리 찾아 떠나고요.

무성한 숲속에 숨은
숲 비둘기들이 앉아 알을 품네요:
다람쥐들은 이 가지에서 저 가지로 뛰어다니고
느긋하게요, 잠시 쉬다가, 이제는 한때 열매를
저장해 놓은 곳에서 자릴 잡네요.

하나씩 꽃들도 잎을 닫고요,
백합과 이슬 머금은 장미도
달빛을 피해서 부드러운 꽃잎을 닫네요:
메뚜기들은 조용하고요; 하지만 시끄러운 까마귀들은
조용해지려면 아직 멀었네요.

겨울잠쥐는 쪼그리고 앉아 먹고 있네요
넓직한 라임나무 펼쳐진 뿌리 아래서
골라 둔 앙증맞은 부스러기들을
야금야금 갉아 먹다가 이따금씩 멈추고

And listens where he sits.

From far the lowings come
Of cattle driven home;
From farther still the wind brings fitfully
The vast continual murmur of the sea,
Now loud, now almost dumb.

The gnats whirl in the air,
The evening gnats; and there
The owl opes broad his eyes and wings to sail
For prey; the bat wakes; and the shell-less snail
Comes forth, clammy and bare.

Hark! that's the nightingale,
Telling the selfsame tale
Her song told when this ancient earth was young:
So echoes answered when her song was sung
In the first wooded vale.

We call it love and pain
The passion of her strain;

앉은 데서 귀를 쫑긋 기울이네요.

저 멀리서 음메 소리 들리네요
집으로 돌아가는 소 떼들.
더 머나먼 곳에서 아직도 바람은 이따금씩
바다의 그 거대한 속삭임을 계속 실어 오고요,
금세 커졌다가 금세 잠잠해지는.

각다귀들이 허공에서 빙빙 도네요,
저녁 각다귀들이; 또 거기서
올빼미들이 눈 크게 뜨고 먹잇감 찾아 날개를
펼치네요; 박쥐가 깨어나고요; 민달팽이가
앞으로 기어오네요, 끈적끈적 알몸으로.

잘 들어 보세요! 저건 나이팅게일,
똑같은 이야기를 들려주고 있네요.
이 오래된 땅이 젊었을 때 들려준 노래와 똑같은 노래:
태곳적 수풀 계곡에서 나이팅게일 노래가 울려
퍼졌을 때 메아리들이 그렇게 화답했지요.

우리는 그 노래를 사랑과 고통이라 하지요
나이팅게일의 혈통에 스민 열정;

And yet we little understand or know:
Why should it not be rather joy that so
    Throbs in each throbbing vein?

    In separate herds the deer
    Lie; here the bucks, and here
The does, and by its mother sleeps the fawn:
Through all the hours of night until the dawn
    They sleep, forgetting fear.

    The hare sleeps where it lies,
    With wary half-closed eyes;
The cock has ceased to crow, the hen to cluck:
Only the fox is out, some heedless duck
    Or chicken to surprise.

    Remote, each single star
    Comes out, till there they are
All shining brightly: how the dews fall damp!
While close at hand the glow-worm lights her lamp,
    Or twinkles from afar.

하지만 우리는 아직 잘 알지도 이해하지도 못해요:
왜 그 노래가 각각의 고동치는 혈관 속에서 그토록
　　고동치는 기쁨이 되지 못하는지?

　　사슴이 무리 지어 군데군데 누워
　　있네요; 여기는 수사슴, 여기는
암사슴, 엄마 사슴 옆에 새끼 사슴이 잠들어 있고요:
밤의 시간이 모두 지나 새벽이 올 때까지
　　사슴들은 두려움 잊고 잠을 자네요.

　　산토끼는 누워 있는 데서 잠이 들고요,
　　눈을 반쯤 뜨고 경계를 하며 자네요;
수탉은 꼬끼오 하기를, 암탉은 꼬꼬꼬 하기를 멈추었네요:
다만 여우만 나와 있네요, 조심성 없는 오리나
　　병아리들을 덮치려고요.

　　멀리서, 별이 하나씩
　　나와서, 어느새 모두 밝게
빛나고 있네요: 이슬은 얼마나 촉촉이 내리는지!
근처에서 반딧불이가 등불을 켰고요,
　　멀리서도 반짝이고요.

But evening now is done
    As much as if the sun
Day-giving had arisen in the East:
For night has come; and the great calm has ceased,
    The quiet sands have run.

하지만 저녁은 이제 끝이 나네요
낮을 주려고 해가
동쪽에서 떠올랐던 것처럼요:
왜냐면 밤이 왔기에; 그리고 그 거대한 고요가 그쳤기에,
말없는 모래들이 달려왔기에.

WIFE TO HUSBAND

Pardon the faults in me,
  For the love of years ago:
    Good bye.
I must drift across the sea,
  I must sink into the snow,
    I must die.

You can bask in this sun,
  You can drink wine, and eat:
    Good bye.
I must gird myself and run,
  Thou' with unready feet:
    I must die.

Blank sea to sail upon,
  Cold bed to sleep in:
    Good bye.
While you clasp, I must be gone
  For all your weeping:
    I must die.

A kiss for one friend,

아내가 남편에게

내 잘못들은 용서해 주세요,
  수십 년 전 사랑으로:
    잘 있어요.
나는 바다를 떠다녀야 합니다,
  나는 눈 속에 가라앉아야 해요,
    나는 죽어야 하네요.

당신은 이 태양을 쬘 수 있어요,
  와인도 마시고 또 음식도 먹고요:
    잘 있어요.
난 채비를 하고 뛰어가야 해요,
  아직 준비되지 않은 발이지만:
    나는 죽어야 하네요.

텅 빈 바다를 항해하고,
  차가운 침대에서 잠이 들고:
    잘 있어요.
당신은 잡고 계셔도, 나는 가야만 해요.
  당신 흐느껴 우셔도:
    나는 죽어야 하네요.

한 친구에겐 입맞춤을,

And a word for two, —
  Good bye: —
A lock that you must send,
  A kindness you must do;
    I must die.

Not a word for you,
  Not a lock or kiss,
    Good bye.
We, one, must part in two:
  Verily death is this:
    I must die.

두 사람에겐 한마디 말을, ―
　잘 있어요: ―
당신 머리 한 타래 보내 주세요,
　당신 친절을 베풀어 주세요:
　　나는 죽어야 하네요.

당신에겐 한마디도 안 할래요.
　머리 타래도 입맞춤도 없어요,
　　잘 있어요.
우리는, 하나인데, 둘로 갈라서야 하네요:
　죽음이란 바로 이런 것:
　　나는 죽어야 하네요.

THREE SEASONS

"A cup for hope!" she said,
In springtime ere the bloom was old:
The crimson wine was poor and cold
By her mouth's richer red.

"A cup for love!" how low,
How soft the words; and all the while
Her blush was rippling with a smile
Like summer after snow.

"A cup for memory!"
Cold cup that one must drain alone:
While autumn winds are up and moan
Across the barren sea.

Hope, memory, love:
Hope for fair morn, and love for day,
And memory for the evening grey
And solitary dove.

세 번의 계절

"희망을 위하여 한 잔!"그녀가 말했어요,
봄철, 꽃이 오래되기 전이었어요:
진홍색 포도주는 초라했고 차가웠죠
　그녀 입술이 더 붉디붉었으니.

"사랑을 위하여 한 잔!"얼마나 나직하고,
얼마나 부드러운지 그 말; 또 항상
그녀 발그레한 볼은 미소로 잔물결지고요.
　눈 온 뒤의 여름처럼.

"추억을 위하여 한 잔!"
혼자 비워야 하는 차가운 컵:
가을바람이 황량한 바다를 건너
　일어나 신음하는 동안.

　희망, 추억, 사랑:
희망은 맑은 아침을 위해, 사랑은 한낮을 위해,
또 추억은 잿빛 저녁과
　외로운 비둘기를 위해.

MIRAGE

The hope I dreamed of was a dream,
  Was but a dream; and now I wake
Exceeding comfortless, and worn, and old,
   For a dream's sake.

I hang my harp upon a tree,
  A weeping willow in a lake;
I hang my silenced harp there, wrung and snapt
   For a dream's sake.

Lie still, lie still, my breaking heart;
  My silent heart, lie still and break:
Life, and the world, and mine own self, are changed
   For a dream's sake.

신기루

내가 꿈꿨던 희망은 꿈이었어요,
　다만 꿈이었어요; 하여 이제 나는 깨어나네요
너무너무 쓸쓸하고, 지치고, 늙어서,
　꿈 때문에요.

나는 나무에 하프를 매달아요,
　호수의 수양버들에요;
잠잠해진 하프를 거기 매달아, 비틀고, 부러뜨렸죠
　꿈 때문에요.

가만히 누워, 가만히 누워, 내 부서지는 가슴;
　내 침묵하는 가슴, 가만히 누워 부서져라
인생, 세상, 그리고 나의 자아가, 다 바뀌네요.
　꿈 때문에요.

SHUT OUT

The door was shut. I looked between
  Its iron bars; and saw it lie,
  My garden, mine, beneath the sky,
Pied with all flowers bedewed and green:

From bough to bough the song-birds crossed,
  From flower to flower the moths and bees;
  With all its nests and stately trees
It had been mine, and it was lost.

A shadowless spirit kept the gate,
  Blank and unchanging like the grave.
  I peering through said: "Let me have
Some buds to cheer my outcast state."

He answered not. "Or give me, then,
  But one small twig from shrub or tree;
  And bid my home remember me
Until I come to it again."

The spirit was silent; but he took
  Mortar and stone to build a wall;

닫혔어요

문이 닫혔어요. 나는 쇠창살 사이를
　살펴보고는; 그게 펼쳐진 걸 보았어요,
　하늘 아래 나의 정원, 나의 것,
이슬 머금은 온갖 꽃들과 풀잎들로 알록달록한:

이 가지에서 저 가지로 노래하는 새들이 폴짝,
　이 꽃에서 저 꽃으로 나방과 벌들도;
　모든 둥지와 웅장한 나무들과 함께
그게 다 내 것이었는데, 잃어버렸어요.

그림자 없는 영령이 대문을 지켰죠,
　무덤처럼 텅 비고 한결같이.
　나는 들여다보며 말했어요. "내 쫓겨난
처지를 달래 줄 꽃봉오리 좀 갖게 해 줘요."

그는 대답하지 않았어요. "아니면, 이거라도 주세요,
　관목이나 나무에서 작은 가지 하나만요,
　내 집에게 나를 기억해 달라 전해 주세요.
내 다시 올 때까지요."

영령은 말이 없었어요; 대신 그는
　회반죽과 돌을 갖고 와 벽을 쌓았어요.

He left no loophole great or small
Throu' which my straining eyes might look:

So now I sit here quite alone
  Blinded with tears; nor grieve for that,
  For nought is left worth looking at
Since my delightful land is gone.

A violet bed is budding near,
  Wherein a lark has made her nest:
  And good they are, but not the best;
And dear they are, but not so dear.

크건 작건 어떤 구멍도 남기지 않았죠
혹 그 구멍 통해 내 힘준 눈이 보기라도 할까 봐.:

그래서 나는 지금 여기에 혼자 앉아 있어요
　눈물로 눈이 멀어서; 그걸로 슬프지도 않고요,
　내 기쁨 주는 땅이 사라졌으니
볼 만한 것은 하나도 남아 있지 않으니까요.

가까이서 보라색 화단이 싹을 틔우네요,
　거기 종달새가 둥지를 틀었고요:
　그것들이 좋긴 하지만, 최고는 아니지요;
소중하긴 하지만, 그렇게나 소중하지는 않네요.

SOUND SLEEP

Some are laughing, some are weeping;
She is sleeping, only sleeping.
Round her rest wild flowers are creeping;
There the wind is heaping, heaping
Sweetest sweets of Summer's keeping,
By the cornfields ripe for reaping.

There are lilies, and there blushes
The deep rose, and there the thrushes
Sing till latest sunlight flushes
In the west; a fresh wind brushes
Through the leaves while evening hushes.

There by day the lark is singing
And the grass and weeds are springing:
There by night the bat is winging;
There forever winds are bringing
Far-off chimes of church-bells ringing.

Night and morning, noon and even,
Their sound fills her dreams with Heaven:
The long strife at length is striven:

곤한 잠

몇몇은 웃고 몇몇은 우네요;
그녀는 잠을 자고요, 잠만 자고요.
그녀의 휴식 주변에는 야생화들이 살금살금 피어나고요;
거기서 바람은 쌓고 또 쌓고 있네요
여름이 품는 달콤 중 제일 달콤한 것들을,
수확을 기다리는 옥수수밭 옆에서.

백합이 있네요, 그윽한 장미가 꽃망울
터뜨리고요, 개똥지빠귀가
서쪽에서 늦저녁 햇살이 드리울 때까지
노래하고요; 선선한 바람 불어오네요
저녁이 고요해지는 동안 잎사귀를 헤치면서

거기서 한낮에 종달새는 노래하고요
풀과 잡초가 돋아나네요:
거기서 밤에는 박쥐가 날고요;
거기서 내내 바람 불어
울리는 교회 종소리 저 멀리 실어 가네요.

밤이고 아침이고, 낮이고 저녁이고,
그 소리는 그녀의 꿈을 천국으로 채우네요:
그 오랜 싸움이 내내 계속되지요:

Till her grave-bands shall be riven
Such is the good portion given
To her soul at rest and shriven.

그녀의 무덤 띠가 갈라질 때까지요
영면하며 죄 사함 얻은 그녀의
영혼에겐 그게 좋은 몫이지요.

SONG

She sat and sang alway
By the green margin of a stream,
Watching the fishes leap and play
Beneath the glad sunbeam.

I sat and wept alway
Beneath the moon's most shadowy beam,
Watching the blossoms of the May
Weep leaves into the stream.

I wept for memory;
She sang for hope that is so fair:
My tears were swallowed by the sea;
Her songs died in the air.

노래

그녀는 앉아서 늘 노래했어요
  푸른 시냇가에서,
기뻐하는 햇살 아래 물고기들
  뛰어노는 걸 보면서요.

나는 앉아서 늘 울었어요,
  그늘진 달빛 줄기 아래에서,
5월의 꽃봉오리들이
  시냇물에 꽃잎 떨구는 걸 바라보면서요.

추억 때문에 나는 울었어요;
  그녀는 너무 고운 희망을 노래했지요:
내 눈물은 바다가 삼켜 버렸고요;
  그녀의 노래는 허공에서 잠들었어요.

SONG

When I am dead, my dearest,
  Sing no sad songs for me;
Plant thou no roses at my head,
  Nor shady cypress tree:
Be the green grass above me
  With showers and dewdrops wet;
And if thou wilt, remember,
  And if thou wilt, forget.

I shall not see the shadows,
  I shall not feel the rain;
I shall not hear the nightingale
  Sing on, as if in pain:
And dreaming through the twilight
  That doth not rise nor set,
Haply I may remember,
  And haply may forget.

노래

나 죽거든, 사랑하는 이여,
　나를 위해 슬픈 노래 부르지 마세요;
내 머리맡엔 장미도 심지 마세요,
　그늘지는 사이프러스 나무도요:
비에 젖고 이슬 맺힌
내 무덤 위 푸른 풀이
　초록 풀잎 되어 덮어 주게요;
당신이 만약 원하신다면, 기억해 주세요,
　당신이 만약 원하신다면, 잊어 주세요.

나는 그늘을 보지도 못할 테고,
　나는 비도 느끼지 못할 거예요;
나는 고통에 빠진 듯 지저귀는
　나이팅게일 노래도 듣지 못할 거예요:
떠오르지도 않고 지지도 않는
　저 어스름 빛 속에서 꿈을 꾸면서,
어쩌면 나는 기억하겠지요,
　또 어쩌면 잊겠지요.

DEAD BEFORE DEATH

Ah! changed and cold, how changed and very cold!
  With stiffened smiling lips and cold calm eyes:
  Changed, yet the same; much knowing, little wise;
This was the promise of the days of old!
Grown hard and stubborn in the ancient mould,
  Grown rigid in the sham of lifelong lies:
  We hoped for better things as years would rise,
But it is over as a tale once told.
All fallen the blossom that no fruitage bore,
  All lost the present and the future time,
All lost, all lost, the lapse that went before:
So lost till death shut-to the opened door,
  So lost from chime to everlasting chime,
So cold and lost for ever evermore.

죽기도 전에 죽어 버린

아, 차갑게 변해 버렸어, 얼마나 변했는지 너무 차가워요!
　웃고 있는 입술 뻣뻣하고 차분한 눈매 차가워졌어요:
　변해 버렸어, 하나 똑같아; 많이 알지만, 지혜는 적어요;
이것은 오래전 날들의 약속이었어요!
오래된 틀 그대로 단단하고 고집스럽게 되어,
　평생의 엉터리 거짓말 속에 딱딱해졌어요:
　세월이 자라면서 우린 더 나은 걸 바랐지,
하지만 끝나 버렸어 이미 말해 버린 이야기처럼.
열매를 맺지 않은 꽃들은 다 떨어져 버렸어요,
　현재도 미래의 시간도 다 잃어버렸어요,
다 잃어버렸어, 다 잃어버렸어, 이전에 왔던 그 세월도:
그렇게 잃어버렸어 죽음이 그 열어젖힌 문을 닫을 때,
　그렇게 잃어버렸어 종이 울리고 영원한 종이 울릴 때,
그렇게 차갑게 잃어버렸어, 영영 영영토록.

BITTER FOR SWEET

Summer is gone with all its roses,
  Its sun and perfumes and sweet flowers,
  Its warm air and refreshing showers:
   And even Autumn closes.

Yea, Autumn's chilly self is going,
  And Winter comes which is yet colder;
  Each day the hoar-frost waxes bolder,
   And the last buds cease blowing.

쓰리고 달달한

여름은 가 버렸네요 여름의 장미와 함께,
　여름의 태양과 향내와 달달한 꽃들과 함께,
　여름의 따뜻한 대기와 신선한 소나기와 함께:
　　그리고 가을조차도 문을 닫네요.

네, 가을의 차가운 자아도 가고 있네요,
　그리고 훨씬 더 추운 겨울이 오고 있네요;
　하루하루 하얀 서리는 더 굵어지고요,
　　하여 그 마지막 꽃봉오리들 더는 날리지 않네요.

SISTER MAUDE

Who told my mother of my shame,
  Who told my father of my dear?
Oh who but Maude, my sister Maude,
  Who lurked to spy and peer.

Cold he lies, as cold as stone,
  With his clotted curls about his face:
The comeliest corpse in all the world
  And worthy of a queen's embrace.

You might have spared his soul, sister,
  Have spared my soul, your own soul too:
Though I had not been born at all,
  He'd never have looked at you.

My father may sleep in Paradise,
  My mother at Heaven-gate:
But sister Maude shall get no sleep
  Either early or late.

My father may wear a golden gown,
  My mother a crown may win;

모드 언니

누가 엄마한테 내 부끄러움 일러바쳤지?
  누가 우리 아버지한테 내 사랑을 일러바쳤지?
오, 내 언니 모드가 아니라면 누가,
  누가 몰래 숨어서 보고 고자질했는지.

차갑게 그이가 누워 있네, 돌처럼 차갑게,
  그이 얼굴에 곱슬머리 엉겨 붙은 채:
세상에서 가장 아름다운 시체
  여왕의 포옹을 받을 만하게.

언니가 그이 영혼 내어줬을 것이야, 언니,
  내 영혼도 내어주고, 언니 영혼 또한 내어줬어.
내가 태어나지도 않았다 쳐도, 언니,
  그이는 언니는 쳐다보지도 않았을 거야.

아버지는 천국에서 주무시겠고,
  어머니는 천국 문 앞에 계시고:
하지만 모드 언니는 아직 잠을 잘 수 없어.
  일찍이든 늦게든.

아버지는 금빛 가운을 입고 계시겠고,
  어머니는 왕관을 쓰고 계시겠지만;

If my dear and I knocked at Heaven-gate
  Perhaps they'd let us in:
But sister Maude, oh sister Maude,
  Bide you with death and sin.

만약 내 사랑과 내가 천국 문을 두드린다면
아마도 그들은 우리를 안으로 들일 거야:
하지만 모드 언니, 아, 모드 언니는,
죽음과 죄악에 묶여 있을 것이야.

REST

O Earth, lie heavily upon her eyes;
  Seal her sweet eyes weary of watching, Earth;
  Lie close around her; leave no room for mirth
With its harsh laughter, nor for sound of sighs.
She hath no questions, she hath no replies,
  Hushed in and curtained with a blessed dearth
  Of all that irked her from the hour of birth;
With stillness that is almost Paradise.
Darkness more clear than noonday holdeth her,
  Silence more musical than any song;
Even her very heart has ceased to stir:
Until the morning of Eternity
Her rest shall not begin nor end, but be;
  And when she wakes she will not think it long.

안식

오, 대지여, 그녀의 눈 위에 무겁게 누워 보렴;
보느라 지친 그녀의 달달한 눈을 봉하렴, 대지여;
그녀 옆에 바싹 누워 보렴, 그 가혹한 웃음소리와 함께
즐거울 여지는 남기지 말고, 한숨 소리도 남기지 말고.
그녀는 질문하지도 않고, 그녀는 대답하지도 않고,
조용해져선 태어나면서부터 그녀를 괴롭힌
모든 것 중에서 축복받은 기근으로 장막을 다네;
천국과도 같은 고요함과 함께.
대낮보다 더 선명한 어둠이 그녀를 잡고 있네,
그건 어떤 노래보다 더 음악 같은 침묵;
심지어 그녀의 심장조차 더는 뛰지 않네:
영원의 아침이 올 때까지
그녀의 안식은 시작도 없고 끝도 없겠지, 그냥 그렇게;
그녀가 깨어나면, 그녀는 그걸 길게 생각지도 않겠지.

THE FIRST SPRING DAY

I wonder if the sap is stirring yet,
If wintry birds are dreaming of a mate,
If frozen snowdrops feel as yet the sun
And crocus fires are kindling one by one:
    Sing, robin, sing;
I still am sore in doubt concerning Spring.

I wonder if the springtide of this year
Will bring another Spring both lost and dear;
If heart and spirit will find out their Spring,
Or if the world alone will bud and sing:
    Sing, hope, to me;
Sweet notes, my hope, soft notes for memory.

The sap will surely quicken soon or late,
The tardiest bird will twitter to a mate;
So Spring must dawn again with warmth and bloom,
Or in this world, or in the world to come:
    Sing, voice of Spring,
Till I too blossom and rejoice and sing.

첫 봄날

난 궁금해요, 수액이 아직 휘돌고 있는지,
겨울새들이 짝짓기를 꿈꾸고 있는지,
얼어붙은 눈송이들이 이제 태양을 느끼고
크로커스 화염이 하나씩 타오르는지:
　　노래하라, 울새여, 노래하라;
나는 아직도 봄에 관해서라면 믿기지 않아 뾰로통한걸요.

난 어떨까 궁금해요, 올해 봄의 시간이
잃어버린 소중한 또 다른 봄을 데려올지;
마음과 영혼이 그들의 봄을 발견할지,
아님 세상만이 싹을 틔우고 노래를 부를지:
　　내게 노래해 줘, 희망이여.
달달한 가락, 나의 희망, 추억을 위한 부드러운 가락.

그 수액은 분명히 조만간 빠르게 돌 테지요,
제일 꾸물거리는 새도 짝에게 지저귈 테고요;
그래서 봄은 따뜻함으로 다시 동트고 꽃을 피워야 해요,
아니면 이 세상, 혹은 앞으로 다가올 세상에서요.
　　노래해 줘, 봄의 목소리여,
나 역시 꽃 피우고 기뻐하며 노래할 때까지.

THE CONVENT THRESHOLD

There's blood between us, love, my love,
There's father's blood, there's brother's blood,
And blood's a bar I cannot pass.
I choose the stairs that mount above,
Stair after golden sky-ward stair,
To city and to sea of glass.
My lily feet are soiled with mud,
With scarlet mud which tells a tale
Of hope that was, of guilt that was,
Of love that shall not yet avail;
Alas, my heart, if I could bare
My heart, this selfsame stain is there:
I seek the sea of glass and fire
To wash the spot, to burn the snare;
Lo, stairs are meant to lift us higher —
Mount with me, mount the kindled stair.

Your eyes look earthward, mine look up.
I see the far-off city grand,
Beyond the hills a watered land,
Beyond the gulf a gleaming strand
Of mansions where the righteous sup;

수녀원 문턱

우리 사이엔 피가 있어요, 사랑, 내 사랑,
아버지의 피가 흐르고 형제의 피가 흘러요,
피는 내가 넘을 수 없는 빗장인걸요.
하여 나는 위로 오르는 계단을 선택할래요,
금빛 하늘로 난 계단을 하나하나 밟고,
도시로 또 유리의 바다로 가요.
내 백합 같은 발은 진흙으로 더러워졌어요,
한때의 희망과 한때의 죄책감과
이젠 아무 소용없는 사랑에 대한
이야기를 하는 주홍빛 진흙으로:
아아, 내 가슴, 이 가슴을 나 열어
보여 줄 수만 있다면, 똑같은 얼룩이 거기 있는데:
나는 유리와 불의 바다를 찾아가
그 얼룩을 씻으려고요, 그 덫도 태우려고요;
봐요, 계단은 우릴 더 높이 들어 올리려 준비된 것 —
나와 함께 올라가요, 저 빛나는 계단을 올라요.

당신의 눈은 땅 쪽을 보네요, 내 눈은 위를 보는데.
나는 보네요, 아득히 장엄한 도시를,
저 산들을 넘어 물의 영토를 보네요,
올바른 사람들이 저녁을 먹는 저택들이 있는
저 만을 건너 반짝이는 바다를 보네요;

Who sleep at ease among their trees,

Or wake to sing a cadenced hymn

With Cherubim and Seraphim;

They bore the Cross, they drained the cup,

Racked, roasted, crushed, wrenched limb from limb,

They the offscouring of the world.

The heaven of starry heavens unfurled,

The sun before their face is dim.

You looking earthward, what see you?

Milk-white, wine-flushed among the vines,

Up and down leaping, to and fro,

Most glad, most full, made strong with wines,

Blooming as peaches pearled with dew,

Their golden windy hair afloat,

Love-music warbling in their throat,

Young men and women come and go.

You linger, yet the time is short:

Flee for your life, gird up your strength

To flee; the shadows stretched at length

Show that day wanes, that night draws nigh;

그이들은 숲속에서 편안하게 자다가,
깨어나 케루빔 천사와 세라핌 천사와 함께
높고 낮은 가락의 찬송가를 부르네요;
십자가를 지고, 고난의 잔을 마시고,
고문당하고, 구워지고, 짓밟히고, 사지 비틀린 채,
세상에서 떠밀려 버림받은 분들.
별이 총총한 하늘 중의 하늘이 열리면,
그분들의 얼굴 앞에선 해마저도 흐릿하지요.

땅 쪽을 바라보는 당신, 뭐가 보이나요?
넝쿨 사이로 우유처럼 희고, 포도주처럼 상기되어,
이리 뛰고 저리 뛰면서 오르락내리락하네요,
아주 기쁘고 아주 충만하게 포도주로 강해져서,
이슬 구슬 단 복숭아처럼 활짝 피어나,
금빛 머릿결 바람에 흩날리며,
목청껏 사랑 노래를 부르며,
청춘 남녀들이 왔다갔다하네요.

당신, 망설이네요, 하지만 시간이 없어요:
당신 삶을 위해 달아나세요. 단단히 힘을 모아서
달아나세요; 그림자가 길게 늘어진 걸 보니
낮이 저물고 밤이 가까이 오나 봐요;

Flee to the mountain, tarry not.

Is this a time for smile and sigh,

For songs among the secret trees

Where sudden blue birds nest and sport?

The time is short and yet you stay:

To-day, while it is called to-day,

Kneel, wrestle, knock, do violence, pray;

To-day is short, to-morrow nigh:

Why will you die? why will you die?

You sinned with me a pleasant sin:

Repent with me, for I repent.

Woe's me the lore I must unlearn!

Woe's me that easy way we went,

So rugged when I would return!

How long until my sleep begin

How long shall stretch these nights and days?

Surely, clean Angels cry, she prays;

She laves her soul with tedious tears:

How long must stretch these years and years?

저 산으로 달아나세요, 꾸물대지 말고요.
지금 웃고 한숨 쉴 때인가요,
난데없이 파랑새들이 둥지 틀고 노니는
비밀스러운 나무들 속에서 노래할 때인가요?
시간이 없는데 아직도 당신은 그냥 있네요:
오늘, 오늘이라고 불리는 동안에
무릎 꿇고, 씨름하고, 두드리고, 치고 박고, 기도해
보세요;
오늘은 짧고, 내일은 가까워 오네요:
왜 죽으려고 하나요? 왜 죽으려고 하나요?

당신은 나와 함께 쾌락의 죄를 지었죠:
나와 함께 회개해요. 내가 회개하잖아요.
내가 배우지 말아야 하는 지식이 나를 슬프게 하네요!
우리가 갔던 저 편한 길도 나를 슬프게 하네요,
내가 돌아오려니 너무 울퉁불퉁한 길!
얼마나 오래여야 내 잠이 시작될까요
얼마나 오래 뻗어 있을까요 이 밤들과 낮들이?
분명, 깨끗한 천사들은 외치겠지요, 그녀가 기도하네;
그녀가 지치도록 울면서 영혼을 씻고 있네:
얼마나 오래 이 연년세세가 뻗어 있어야 할까요?

I turn from you my cheeks and eyes,

My hair which you shall see no more —

Alas for joy that went before,

For joy that dies, for love that dies.

Only my lips still turn to you,

My livid lips that cry, Repent.

O weary life, O weary Lent,

O weary time whose stars are few.

How should I rest in Paradise,

Or sit on steps of heaven alone

If Saints and Angels spoke of love

Should I not answer from my throne:

Have pity upon me, ye my friends,

For I have heard the sound thereof:

Should I not turn with yearning eyes,

Turn earthwards with a pitiful pang?

Oh save me from a pang in heaven.

By all the gifts we took and gave,

Repent, repent, and be forgiven:

This life is long, but yet it ends;

Repent and purge your soul and save:

나는 내 뺨과 눈을 당신에게서 돌리네요.
당신이 더는 못 볼 내 머리카락도요 ─
아 슬퍼요, 이미 지나가 버린 기쁨은,
죽어 버린 기쁨은, 죽어 버린 사랑은.
내 입술만이 여전히 당신에게 향하네요,
회개하라, 울부짖는 내 창백한 입술.
아, 따분한 인생, 아, 따분한 사순절,
아, 별마저 드문 따분한 시간이여.

어떻게 내가 낙원에서 쉴 수 있겠어요,
홀로 천국의 계단에 앉아 있겠어요?
성인들과 천사들이 사랑 이야길 하면
내가 내 보좌에서 대답을 하지 말아야 하나요?
친구들아, 나를 가엾게 여겨 주세요,
나도 그곳의 소리를 들은 적 있는데
내가 가련한 고통으로 땅 쪽으로
그리움의 눈길을 돌리지 말아야 하나요?
아, 천국에 있는 고통에서 나를 구해 주세요.
우리가 주고받은 모든 선물들로,
회개하고, 회개하고, 또 용서받으세요:
이 삶은 길지만 끝이 있어요;
회개하고 영혼을 정화하여 구원하세요:

No gladder song the morning stars
Upon their birthday morning sang
Than Angels sing when one repents.

I tell you what I dreamed last night:
A spirit with transfigured face
Fire-footed clomb an infinite space.
I heard his hundred pinions clang,
Heaven-bells rejoicing rang and rang,
Heaven-air was thrilled with subtle scents,
Worlds spun upon their rushing cars.
He mounted, shrieking, "Give me light!"
Still light was poured on him, more light;
Angels, Archangels he outstripped,
Exulting in exceeding might,
And trod the skirts of Cherubim.
Still "Give me light," he shrieked; and dipped
His thirsty face, and drank a sea,
Athirst with thirst it could not slake.
I saw him, drunk with knowledge, take
From aching brows the aureole crown —
His locks writhe like a cloven snake —

새벽 별들이 그들의 생일 아침에 부르는
노래도 회개할 때 천사들이 부르는 노래보다
더 기쁜 노래는 아니었어요.

내가 간밤에 무슨 꿈을 꿨는지 말해 줄게요:
거룩하게 변모한 얼굴을 한 영(靈)이
불의 발로 무한한 우주로 올라갔어요.
백 개의 날개가 쟁그랑거리는 소리를 들었는데,
천상의 종들이 기뻐하며 울리고 또 울리고,
천상의 공기가 미묘한 향기로 어지럽고,
질주하는 전차 위에 천체들이 빙글빙글.
"제게 빛을 주세요!" 그가 소리치며 올라갔어요.
고요한 빛이, 더 많은 빛이 그에게 쏟아졌어요:
천사들과 대천사들을 앞질러 그는 나아갔어요,
엄청난 힘에 의기양양해져,
케루빔의 옷자락을 밟고 갔어요.
여전히 "빛을 주세요," 소리치다가, 목마른
얼굴을 바다에 담그고, 바다를 마셨어요,
갈증에 갈증만 더할 뿐 가시진 않았죠.
나는 그가 지식에 취해 후광 비치는 왕관을
아픈 이마에서 벗어 버리는 걸 보았어요 ─
머리 타래가 갈라진 뱀처럼 꿈틀거리네요 ─

He left his throne to grovel down
And lick the dust of Seraphs' feet;
For what is knowledge duly weighed?
Knowledge is strong, but love is sweet;
Yea, all the progress he had made
Was but to learn that all is small
Save love, for love is all in all.

I tell you what I dreamed last night:
It was not dark, it was not light,
Cold dews had drenched my plenteous hair
Through clay; you came to seek me there.
And "Do you dream of me?" you said.
My heart was dust that used to leap
To you; I answered half asleep:
"My pillow is damp, my sheets are red,
There's a leaden tester to my bed;
Find you a warmer playfellow,
A warmer pillow for your head,
A kinder love to love than mine."
You wrung your hands, while I, like lead,
Crushed downwards through the sodden earth;

보좌를 떠나서 그는 몸을 굽혀
세라핌의 발에 묻은 먼지를 핥았어요;
지식이 대체 얼마나 무거운가요?
지식은 강하지만 사랑은 달콤해요;
맞아요, 그가 이룬 모든 진전은 사랑 말고는
모든 게 다 사소하다는 걸 배운 것뿐,
사랑이 모든 것 중의 모든 것이니까요.

내가 간밤에 무슨 꿈을 꿨는지 말해 줄게요.
어둡지도 않고, 밝지도 않았어요,
차가운 이슬이 흙을 헤치고 내 풍성한 머리카락을
흠뻑 적셔; 당신이 나를 찾아 그리로 왔어요.
"내 꿈을 꾸나요?" 당신이 물었죠.
당신한테 뛰어가곤 했던 내 가슴은 먼지
였어요; 잠이 덜 깬 채 내가 답했어요:
"내 베개는 축축하고, 시트는 빨갛고,
내 침대에는 납빛 덮개가 있어요;
더 따뜻한 놀이 친구를 찾아보세요,
당신 머리 뉘일 더 따뜻한 베개와
나보다 더 다정한 연인을 찾아보세요."
당신은 손을 비틀었어요, 내가, 납덩이처럼,
젖은 땅 속으로 눌려서 들어가는 동안:

You smote your hands but not in mirth,
And reeled but were not drunk with wine.

For all night long I dreamed of you,
I woke and prayed against my will,
Then slept to dream of you again.
At length I rose and knelt and prayed.
I cannot write the words I said,
My words were slow, my tears were few;
But through the dark my silence spoke
Like thunder. When this morning broke,
My face was pinched, my hair was grey,
And frozen blood was on the sill
Where stifling in my struggle I lay.

If now you saw me you would say:
Where is the face I used to love?
And I would answer: Gone before;
It tarries veiled in paradise.
When once the morning star shall rise,
When earth with shadow flees away
And we stand safe within the door,

당신은 손뼉을 쳤지만 기뻐 그런 건 아니었어요.
비틀거렸지만 와인에 취한 건 아니었어요.

밤새도록 나 당신 꿈을 꿨어요;
나는 일어나 기도했어요 내 의지는 아니었지만,
그러곤 잠이 들었고 또 당신 꿈을 꿨어요.
그러다 드디어 일어나 무릎을 꿇고 기도했어요.
내가 한 말을 쓸 수가 없네요,
말이 잘 안 나왔고 눈물도 안 나오더군요;
하지만 어둠을 뚫고 내 침묵이 말했어요
천둥처럼요. 오늘 아침이 밝아오자,
내 얼굴은 해쓱해지고, 머리카락은 잿빛,
내가 숨 막혀 몸부림치며 누워 있던
문지방에는 얼어붙은 피가 있네요.

만약 지금 당신이 나를 본다면 이렇게 말하겠죠:
내가 사랑했던 얼굴은 어디에 있지요?
그러면 나는 대답하겠죠: 먼저 갔어요;
베일을 쓰고 낙원에서 꾸물거리고 있네요.
언젠가 새벽 별이 떠오르면,
땅이 그림자와 함께 달아나면
또 우리가 그 문 안에 안전히 서게 되면,

Then you shall lift the veil thereof.

Look up, rise up: for far above

Our palms are grown, our place is set;

There we shall meet as once we met,

And love with old familiar love.

그러면 그때 당신은 그 베일을 걷어 올리겠지요.
위를 보세요, 일어나 보세요: 저 멀리 위에
우리의 종려나무들이 자라고, 우리 자리도 마련되었고요.
거기서 우리 예전에 만났던 것처럼 만나,
예전처럼 스스럼없이 사랑할 수 있을 거예요.

UP-HILL

Does the road wind up-hill all the way?
  Yes, to the very end.
Will the day's journey take the whole long day?
  From morn to night, my friend.

But is there for the night a resting-place?
  A roof for when the slow dark hours begin.
May not the darkness hide it from my face?
  You cannot miss that inn.

Shall I meet other wayfarers at night?
  Those who have gone before.
Then must I knock, or call when just in sight?
  They will not keep you standing at that door.

Shall I find comfort, travel-sore and weak?
  Of labour you shall find the sum.
Will there be beds for me and all who seek?
  Yea, beds for all who come.

언덕 위로

그 길은 구불구불 언덕 위로 계속되나요?
　그래요, 끝까지 계속 그래요.
하룻길이면 온종일 걸릴까요?
　아침부터 밤까지요, 친구여.

그런데 밤에 묵을 곳은 있나요?
　어둠이 천천히 내릴 때쯤 쉴 지붕이 있지요.
어두워서 제가 못 보게 되진 않을까요?
　저 집은 놓칠 수가 없는걸요.

밤에 다른 여행객들을 혹 만날까요?
　먼저 간 사람들이 있지요.
그럼 내가 문을 두드려야 하나요, 보이면 부를까요?
　당신을 문 앞에 세워 두진 않을 거예요.

여행에 지쳐 힘이 없는데 평안을 찾을 수 있을까요?
　애쓴 만큼 얻게 될 거예요.
찾아오는 모든 이들과 저를 위한 잠자리가 있을까요?
　그래요, 오는 이 모두를 위한 잠자리가 있지요.

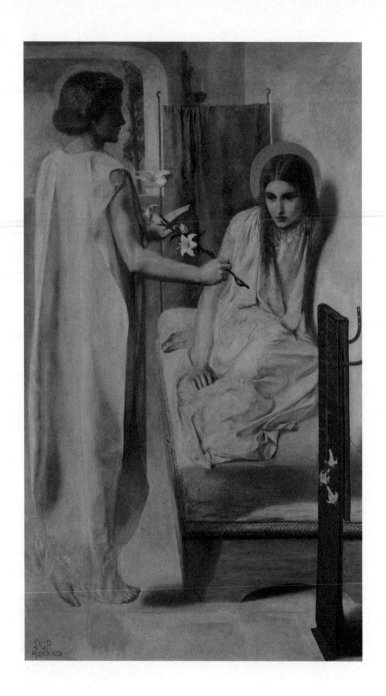

"THE LOVE OF CHRIST WHICH PASSETH KNOWLEDGE"

I bore with thee long weary days and nights,
  Through many pangs of heart, through many tears;
I bore with thee, thy hardness, coldness, slights,
  For three and thirty years.

Who else had dared for thee what I have dared?
  I plunged the depth most deep from bliss above;
I not My flesh, I not My spirit spared:
  Give thou Me love for love.

For thee I thirsted in the daily drouth,
  For thee I trembled in the nightly frost:
Much sweeter thou than honey to My mouth:
  Why wilt thou still be lost?

I bore thee on My shoulders and rejoiced:
  Men only marked upon My shoulders borne
The branding cross; and shouted hungry-voiced,
  Or wagged their heads in scorn.

Thee did nails grave upon My hands, thy name
  Did thorns for frontlets stamp between Mine eyes:

"지각을 뛰어넘는 그리스도의 사랑"

그 오랜 지친 낮과 밤을 당신과 함께 견뎠어요.
  심장의 그 많은 고통들과 많은 눈물을 통해;
당신을 견뎠어요, 그 단호함, 냉담함, 무시를
  30년 더하기 3년을요.

제가 감히 감당한 것 다른 누가 당신 위해 감당할까요?
  천상의 축복에서 가장 깊은 나락으로 나 뛰어들었으니;
내 살 아닌 내가, 내 영(靈) 아닌 내가 남아
  사랑을 위한 사랑을 당신 내게 주세요.

당신 위해 저는 매일 가뭄 속에서 목이 말랐어요,
  당신 위해 저는 밤 서리에 몸을 떨었지요:
내 입에는 꿀보다 훨씬 더 달콤한 당신:
  왜 아직도 길을 잃고 계시나요?

나 당신을 내 어깨에 메고 기뻐했어요.
  남자들은 내 어깨에 표시만 했어요
십자가의 낙인을; 그리고 굶주린 목소리로 외쳤죠,
  아니면 경멸로 머리를 흔들었지요.

내 손에 너, 못을 박았구나, 너의 이름이
  내 눈 사이 이마에 가시로 박혔구나:

I, Holy One, put on thy guilt and shame;
  I, God, Priest, Sacrifice.

A thief upon My right hand and My left;
  Six hours alone, athirst, in misery:
At length in death one smote My heart and cleft
  A hiding-place for thee.

Nailed to the racking cross, than bed of down
  More dear, whereon to stretch Myself and sleep:
So did I win a kingdom, — share my crown;
  A harvest? — come and reap.

나, 거룩한 이, 너의 죄와 수치를 입고;
　나, 하나님, 사제, 희생 제물.

내 오른손과 왼손에 도둑이,
　여섯 시간을 홀로, 목말라 비참 속에:
마침내 죽음에 이르러 누가 내 심장을 강타하고
갈랐네요,
　당신을 위한 은신처를.

괴로운 십자가에 못 박혀서 아래 침대보다
　더 좋은, 그 어디서 나를 뉘고 잠들 수 있으리오:
　그래서 내가 왕국을 차지했는지, ── 나의 왕관을 나누어
가지시라;
　수확? ── 와서 거두어라.

"지식을 뛰어넘는 그리스도의 사랑을 알게 되기를 바랍니다. 이렇게 하여
여러분이 하느님의 온갖 충만하심으로 충만하게 되기를 바랍니다."
(「에베소서」 3장 19절)

"A BRUISED REED SHALL HE NOT BREAK"

I will accept thy will to do and be,
  Thy hatred and intolerance of sin,
  Thy will at least to love, that burns within
    And thirsteth after Me:
So will I render fruitful, blessing still
  The germs and small beginnings in thy heart,
  Because thy will cleaves to the better part. —
    Alas, I cannot will.

Dost not thou will, poor soul? Yet I receive
  The inner unseen longings of the soul;
  I guide them turning towards Me; I control
    And charm hearts till they grieve:
If thou desire, it yet shall come to pass,
  Though thou but wish indeed to choose My love;
  For I have power in earth and heaven above. —
    I cannot wish, alas!

What, neither choose nor wish to choose? and yet
  I still must strive to win thee and constrain:
  For thee I hung upon the cross in pain,
    How then can I forget?

"그는 상한 갈대를 꺾지 않으리"

하고자 하고 되고자 하는 당신 의지 받아들이겠어요,
　당신의 증오, 죄를 참지 못하는 당신의 마음도,
　최소한 사랑하고자 하는 당신 의지도, 안에서 타는
　　나를 갈망하는 그 마음을요:
그리하여 나는 풍성하고 고요한 축복을 줄 거예요
　그대 심장 안 새싹들과 작은 시작들을
　당신 의지가 더 나은 쪽에 붙어 있으니까요.—
　　아아, 난 못할 것 같아요.

가련한 영혼, 당신은 안 하시겠죠? 하지만 나 받아들여요
　그 영혼 내면의 보이지 않는 갈망들을;
　그 갈망들이 나를 향하도록 이끌어요; 슬퍼할 때까지
　　심장들을 통제하고 매혹하네요:
당신이 원한다면, 그리로 가도록 할게요,
　그래도 당신 내 사랑 택하기를 진실로 소망한다면;
　내게는 이 지상과 천상에 힘이 있으니까요, —
　　아아, 바라지도 못할 것 같아요!

선택하지 않고 선택하고 싶지도 않으면요? 하지만
　나 여전히 당신을 얻고 구속하려 애써야 해요:
　당신을 위해 나는 고통 속에 십자가에 매달렸는데
　　내가 어떻게 잊을 수 있을까요?

If thou as yet dost neither love, nor hate,
  Nor choose, nor wish, — resign thyself, be still
Till I infuse love, hatred, longing, will. —
  I do not deprecate.

당신이 아직 사랑하지도 미워하지도 않는다면
　선택도 않고, 원하지도 않는다면, ― 체념하고 가만히
있어 보세요
　내가 사랑과 증오와 갈망과 의지를 불어넣을
때까지요, ―
　나는 비난하지 않아요.

"그는 상한 갈대를 꺾지 않고 꺼져 가는 심지를 끄지 않으리라.
그는 진실하게 공의를 펴리라."
(「이사야」 42장 3절)

A BETTER RESURRECTION

I have no wit, no words, no tears;
　My heart within me like a stone
Is numbed too much for hopes or fears;
　Look right, look left, I dwell alone;
I lift mine eyes, but dimmed with grief
　No everlasting hills I see;
My life is in the falling leaf:
　O Jesus, quicken me.

My life is like a faded leaf,
　My harvest dwindled to a husk:
Truly my life is void and brief
　And tedious in the barren dusk;
My life is like a frozen thing,
　No bud nor greenness can I see:
Yet rise it shall — the sap of Spring;
　O Jesus, rise in me.

My life is like a broken bowl,
　A broken bowl that cannot hold
One drop of water for my soul
　Or cordial in the searching cold;

더 나은 부활

아무런 지혜도, 말도, 눈물도 없어요.
　내 안의 내 심장 돌처럼
굳어 버려 희망도 공포도 느끼지 못해요.
　오른쪽을 보고, 왼쪽을 봐도, 나는 혼자 살아요.
눈을 들어 봐도 슬픔으로 흐릿해져
　영원한 언덕은 보이지 않아요.
내 인생은 떨어지는 이파리 안에 있어요.
　오 주여, 저를 재촉해 주세요.

내 인생 빛바랜 나뭇잎과 같아
　수확한 것들 껍데기로 쪼그라들어:
정말로 내 인생, 황량한 땅거미 속에서
　공허하고 짧고 지루하기만 해요;
내 인생 얼어 버린 것 같아
　새싹도 푸르름도 보이지 않아요.
하지만 솟아나겠죠 — 봄의 수액;
　오 주여, 내 안에서 일어나 주세요.

내 인생 부서진 그릇과 같아
　아무것도 담을 수 없는 깨진 그릇
내 영혼을 위한 한 방울 물도
　파고드는 추위 속 한 방울 술도;

Cast in the fire the perished thing;
  Melt and remould it, till it be
A royal cup for Him, my King:
  O Jesus, drink of me.

그 죽은 것 불 속에 던져서
누여 다시 주조하여, 마침내
나의 왕, 그분을 위한 최고의 잔이 되도록:
오 주여, 저를 마셔 주세요.

"어떤 여인들은 죽었다가 부활한 식구들을 다시 맞아들이기도 하였습니다.
어떤 이들은 고문을 당하면서도 더 나은 부활을 누리려고 구차히 석방되기를
바라지 않았습니다."
(「히브리서」 11장 35절)

ADVENT

This Advent moon shines cold and clear,
   These Advent nights are long;
Our lamps have burned year after year,
   And still their flame is strong.
"Watchman, what of the night?" we cry,
   Heart-sick with hope deferred:
"No speaking signs are in the sky,"
   Is still the watchman's word.

The Porter watches at the gate,
   The servants watch within;
The watch is long betimes and late,
   The prize is slow to win.
"Watchman, what of the night?" but still
   His answer sounds the same:
"No daybreak tops the utmost hill,
   Nor pale our lamps of flame."

One to another hear them speak,
   The patient virgins wise:
"Surely He is not far to seek," —
   "All night we watch and rise."

대림절[5]

대림절의 달은 차갑고 맑게 빛나고
  대림절의 밤들은 길어요;
우리의 등들은 해마다 타올랐지요.
  불꽃은 여전히 강하고요.
"문지기, 이게 무슨 밤이야?" 우리는 소리 지르죠,
  기대가 미뤄져 가슴이 아파요:
"하늘에는 말하는 조짐이 없어요,"
  여전한 문지기의 말이에요.

짐꾼이 대문에서 지켜보고
  하인들은 안에서 지켜보네요;
망 보는 건 때로 길고 늦어요,
  그 상은 타려면 더디 걸려요.
"문지기, 이게 무슨 밤이야?" 그래도 여전히
  그의 대답은 똑같이 들려요.
"산꼭대기에 새벽이 아직 오지 않은걸요,
  우리 등의 불꽃도 흐릿하진 않아요."

한 사람 한 사람씩 그 얘기들 듣네요,
  참을성 많은 처녀들은 지혜로워요:
"분명 얼마 안 가 그분이 보일 거야," ─
  "밤새도록 우리는 깨어서 지켜봐요."

"The days are evil looking back,
　　The coming days are dim;
Yet count we not His promise slack,
　　But watch and wait for Him."

One with another, soul with soul,
　　They kindle fire from fire:
"Friends watch us who have touched the goal."
　　"They urge us, come up higher."
"With them shall rest our waysore feet,
　　With them is built our home,
With Christ." "They sweet, but He most sweet,
　　Sweeter than honeycomb."

There no more parting, no more pain,
　　The distant ones brought near,
The lost so long are found again,
　　Long lost but longer dear:
Eye hath not seen, ear hath not heard,
　　Nor heart conceived that rest,
With them our good things long deferred,
　　With Jesus Christ our Best.

"그 날들은 돌아보면 나빠요,
  다가오는 날들이 희미해요;
하지만 그분 약속은 느슨하지 않다고 믿어요,
  다만 그분을 지켜보고 기다려요."

한 사람 한 사람, 영혼과 영혼이 함께,
  그들은 불에서 불을 붙입니다.
"친구들이 목표 달성한 우리를 지켜보네."
  "친구들이 우리를 재촉하네, 더 높이 오라고."
"친구들과 함께라면 우리 지친 발걸음 쉴 수 있을 거야,
  친구들과 함께 우리 집이 지어지고,
주님 함께."—"친구들 다정하나, 그분이 가장 다정해요,
  벌집보다 더 달콤해요."

더 이상 이별도 없고, 더 이상의 고통도 없어요,
  먼 곳에 있는 사람들이 다가오네요,
오래 잃어버렸다가 다시 찾은 것이죠,
  오래 잃어버렸지만 더 오래 다정했지요:
눈은 보지 못했고, 귀는 듣지 못했지만,
  마음도 그 휴식을 생각해 내지 못했지만,
그들과 함께 우리의 좋은 것들이 오래 미뤄졌죠,
  예수 그리스도 우리 가장 좋은 분 함께.

We weep because the night is long,
 We laugh, for day shall rise,
We sing a slow contented song
 And knock at Paradise.
Weeping we hold Him fast Who wept
 For us, — we hold Him fast;
And will not let Him go except
 He bless us first or last.

Weeping we hold Him fast to-night;
 We will not let Him go
Till daybreak smite our wearied sight,
 And summer smite the snow:
Then figs shall bud, and dove with dove
 Shall coo the livelong day;
Then He shall say, "Arise, My love,
 My fair one, come away."

우리는 흐느껴요, 밤이 길기에
　우리는 웃어요, 날이 밝을 것이기에,
우리는 만족스러운 노래를 천천히 불러요
　천국의 문을 두드려요.
흐느끼며 우리는 그분을 꼭 붙잡아요, 우리를
　위해 울어 주신 분, 우리는 그분을 꽉 잡아요;
우리는 그분을 놓지 않을 거예요
　그분이 머잖아 우릴 축복하지 않으면.

흐느끼며 우리 오늘 밤 그분을 꼭 잡아요;
　우리는 그분을 보내지 않을 거예요
새벽이 우리의 지친 눈을 두드릴 때까지
　또 여름이 흰 눈을 물리칠 때까지:
그때엔 무화과가 싹을 틔우고, 비둘기가 비둘기와
　구구하며 다정히 살겠지요;
그러면 그분이 말씀하시겠지요. "일어나라, 내 사랑,
　내 예쁜 아가, 거길 떠나 이리로 와라."

THE THREE ENEMIES

THE FLESH.

"Sweet, thou art pale."
   "More pale to see,
Christ hung upon the cruel tree
And bore His Father's wrath for me."

"Sweet, thou art sad."
   "Beneath a rod
More heavy, Christ for my sake trod
The winepress of the wrath of God."

"Sweet, thou art weary."
   "Not so Christ:
Whose mighty love of me suffic'd
For Strength, Salvation, Eucharist."

"Sweet, thou art footsore."
   "If I bleed,
His feet have bled; yea in my need
His Heart once bled for mine indeed."

세 원수들[6]

육신.
"그대여, 창백하네요."
　"보니까 더 창백하죠,
그리스도가 잔인한 나무에 매달려
아버지의 노여움을 참고 계셨어요, 저를 위해서."

"그대여, 슬프군요."
　"지팡이 아래,
더 무겁게, 나를 위해 예수님이
하느님의 진노를 있는 힘껏 누르고 계셨어요."

"그대여, 지쳤네요."
　"전혀요:
힘, 구원, 성찬을 위해서라면
그리스도의 강한 사랑으로 충분한걸요."

"그대여, 발이 아프군요."
　"내가 피를 흘리면
그분의 발에서 피가 나고; 네, 저로 인해
그분 심장이 한때 정말 저를 위해 피 흘린걸요."

THE WORLD.

"Sweet, thou art young."

"So He was young
Who for my sake in silence hung
Upon the Cross with Passion wrung."

"Look, thou art fair."

"He was more fair
Than men, Who deign'd for me to wear
A visage marr'd beyond compare."

"And thou hast riches."

"Daily bread:
All else is His: Who, living, dead,
For me lack'd where to lay His Head."

"And life is sweet."

"It was not so
To Him, Whose Cup did overflow
With mine unutterable woe."

세상.

"그대여, 당신은 젊어요."
　"그래 그분은 젊었죠,
저를 위해 침묵 속에서
비틀린 수난으로 십자가에 매달리셨죠."

"보세요, 그대는 아름다워요."
　"그분은 사람들보다
더 아름다웠죠, 일부러 비교도 안 되게
망가진 얼굴을 내게 주셨죠."*

"그리고 당신은 부유해요."
　"일용할 빵:
그 외 모든 것은 그분의 것: 살아서든 죽어서든
절 위해 그분의 머리 둘 곳조차 없었죠."**

"그리고 인생은 달콤해요."
　"그렇지 않았어요
그분에겐요, 그분의 잔은 나의 말할 수 없는
비통함으로 넘쳐 흘렀죠."

THE DEVIL.

"Thou drinkest deep."

　　"When Christ would sup
He drain'd the dregs from out my cup:
So how should I be lifted up?"

"Thou shalt win Glory."

　　"In the skies,
Lord Jesus, cover up mine eyes
Lest they should look on vanities."

"Thou shalt have Knowledge."

　　"Helpless dust!
In Thee, O Lord, I put my trust:
Answer Thou for me, Wise and Just."

"And Might."—

　　"Get thee behind me. Lord,
Who hast redeem'd and not abhorr'd
My soul, oh keep it by Thy Word."

악마.

"당신은 가장 깊이 마시네요."

　　"그리스도께서는 마실 때
내 잔에서 찌꺼기까지 빼냈지요:***
그래서 어떻게 내가 위로 올려질까요?"

"그대는 영광을 얻게 될 거요."

　　"하늘에서,
주 예수님, 나의 눈일랑 덮어 버리세요
그래서 잘난 허영들 보지 못하도록."

"그대는 지식을 얻게 될 거요."

　　"무력한 먼지!
오 주님, 당신께 의탁합니다:
저를 위해 답해 주세요, 지혜롭고 정의로운 분."

"그러면 힘." ──

　　"내게서 물러가세요.**** 주님,
내 영혼을 구원해 주시고 혐오하지 않는
분이시여, 당신 말씀 옆에 내 영혼 두소서."

*"그의 얼굴이 사람 같지 않게 망가지고 그의 모습이 인간 같지 않게 망가져 많은 이들이 그를 보고 질겁하였다."

(「이사야」 52장 14절)

**"그러자 예수님께서 그에게 말씀하셨다. "여우들도 굴이 있고 하늘의 새들도 보금자리가 있지만, 사람의 아들(인자)은 머리를 기댈 곳조차 없다."

(「마태복음」 8장 20절)

***"깨어라, 깨어라, 일어나라, 예루살렘아. 주님의 손에서 진노의 잔을 받아 마신 너, 비틀거리게 하는 술잔을 바닥까지 마신 너."

(「이사야」 51장 17절)

****"그러나 예수님께서는 돌아서서 베드로에게 말씀하셨다. "사탄아, 내게서 물러가라. 너는 나에게 걸림돌이다. 너는 하느님의 일은 생각하지 않고 사람의 일만 생각하는구나!"

(「마태복음」 16장 23절)

One Certainty

Vanity of vanities, the Preacher saith,
  All things are vanity. The eye and ear
  Cannot be filled with what they see and hear.
Like early dew, or like the sudden breath
Of wind, or like the grass that withereth,
  Is man, tossed to and fro by hope and fear:
  So little joy hath he, so little cheer,
Till all things end in the long dust of death.
To-day is still the same as yesterday,
  To-morrow also even as one of them;
And there is nothing new under the sun:
Until the ancient race of Time be run,
  The old thorns shall grow out of the old stem,
  And morning shall be cold and twilight grey.

하나 확실한 것

헛되고 헛되다, 설교자가 이르되,*
　모든 것이 헛되지요. 눈과 귀가
　보고 듣는 것으로 채워질 수 없으니.
이른 이슬처럼, 혹은 갑작스러운 바람의
숨결처럼, 혹은 시들어 가는 풀처럼,
　인간은, 희망과 공포로 이리저리 차이죠:
　기쁨은 너무 적고, 흥도 나지 않고,
모든 것들이 죽음의 긴 먼지로 끝나고 말아요.
오늘도 어제와 여전히 변함없고,
　내일 또한 그날들 중 여전한 하루;
태양 아래 새로운 것은 아무것도 없죠:
마침내 시간의 오랜 경주가 끝날 때,
　오래된 가시들은 오랜 줄기에서 자랄 것이고,
아침은 춥고 황혼은 회색이 되겠지요.

* "헛되고 헛되다, 설교자는 말한다, 헛되고 헛되다. 세상만사
헛되다."(「전도서」 1장 2절), 여기서 설교자(the Preacher)는 솔로몬을
말한다.

CHRISTIAN AND JEW.
A DIALOGUE

"Oh happy happy land!
Angels like rushes stand
  About the wells of light." —
  "Alas, I have not eyes for this fair sight:
Hold fast my hand." —

"As in a soft wind, they
Bend all one blessed way,
  Each bowed in his own glory, star with star." —
  "I cannot see so far,
Here shadows are." —
"White-winged the cherubim,
Yet whiter seraphim,
  Glow white with intense fire of love." —
"Mine eyes are dim:
  I look in vain above,
And miss their hymn." —

"Angels, Archangels cry
One to other ceaselessly
  (I hear them sing)
One 'Holy, Holy, Holy' to their King." —

기독교인과 유대인.
어떤 대화

"오, 행복하고 행복한 땅이여!
곰풀 같은 천사들이 서 있네요,
　빛의 샘 옆에." —
　"아, 당신이 이 아름다운 장면을 못 보다니:
내 손 꽉 잡아요." —

"부드러운 바람 속에 있는 듯, 모두
은혜로운 방식으로 한결같이 몸을 굽혀
　각자 영광 속에서 절하고, 별은 별과 함께" —
　"지금까지 나는 보지 못한걸요,
여기 그림자들이 있어요." —
"하얀 날개 단 천사들,
더 하얀 세라핌,
　강렬한 사랑의 불로 하얗게 빛나요." —
"내 눈이 침침해요:
　위를 봐도 소용없고,
그이들 찬송가가 그립군요." —

"천사들, 대천사들이 울고 있어요,
서로서로 끝도 없이
　(천사들 노랫소리 들려요)
자기네 왕에게 '거룩하도다, 거룩하도다, 거룩하도다.'"

"I do not hear them, I." —

"Joy to thee, Paradise, —
  Garden and goal and nest!
Made green for wearied eyes;
  Much softer than the breast
Of mother-dove clad in a rainbow's dyes.

"All precious souls are there
  Most safe, elect by grace,
  All tears are wiped for ever from their face:
Untired in prayer
  They wait and praise
  Hidden for a little space.

"Boughs of the Living Vine
They spread in summer shine
  Green leaf with leaf:
Sap of the Royal Vine it stirs like wine
  In all both less and chief.

"나는 안 들리네요, 나는." ―

"천국이여, 그대에게 기쁨을, ―
　정원과 목표와 둥지!
침침한 눈을 위해 초록으로 만든;
　무지개 물든 옷 입은 어미 비둘기의
가슴보다 훨씬 더 부드러운.

소중한 모든 영혼들이 거기 있어요
　은총으로 뽑혀서 가장 안전하게,
　모든 눈물도 얼굴에서 영원히 지워지고요:
기도 속에 지치지 않고
　그 영혼들은 기다리고 찬미하네요
　작은 공간에 숨겨진 채.

살아 있는 포도나무 가지들
여름 햇살에 펴고 있네요
　초록 이파리에 이파리를:
왕실 포도나무 수액은 와인처럼 섞여요.
　전부가 덜 중요하지도 더 적지도 않게.

"Sing to the Lord,
   All spirits of all flesh, sing;
For He hath not abhorred
Our low estate nor scorn'd our offering:
Shout to our King." ——

"But Zion said:
   My Lord forgetteth me.
Lo, she hath made her bed
   In dust; forsaken weepeth she
   Where alien rivers swell the sea.

"She laid her body as the ground,
   Her tender body as the ground to those
Who passed; her harpstrings cannot sound
In a strange land; discrowned
   She sits, and drunk with woes." ——

"O drunken not with wine,
   Whose sins and sorrows have fulfilled the sum, ——
   Be not afraid, arise, be no more dumb;
Arise, shine,

주님께 노래하세요,
  모든 유신의 영혼들이여, 노래하세요;
주님은 우리의 비천한 재산도 염오치 않으시고
주님은 우리의 제물도 경멸치 않으시고:
  우리의 왕에게 외치세요." —

"하지만 이스라엘 백성이 이르되:
  나의 주님이 나를 잊으셨네.
아, 그녀는 잠자리를 폈네요
  먼지 속에; 버림 받아 그녀 우네요
  낯선 강이 바다를 부풀리는 곳에서.

그녀 자기 몸을 땅에 눕혔죠,
  그녀의 부드러운 몸, 지나간 이들에겐
땅과 같고; 그녀의 하프 현은 낯선 땅에선
소릴 낼 수 없었어요; 왕관을 벗고
  그녀 앉아서, 비통에 취했네요." —

"아, 술에 취한 게 아니라,
  그녀의 죄와 슬픔이 전부가 되었으니, —
  두려워 말고, 일어나세요, 더는 바보가 되지 말고;
일어나세요, 빛나세요,

For thy light is come." ——

"Can these bones live?" ——

      "God knows:

The prophet saw such clothed with flesh and skin;

A wind blew on them and life entered in;

They shook and rose.

Hasten the time, O Lord, blot out their sin,

Let life begin."

그대의 빛이 오고 있으니," ─

"이 뼈들이 살아날까?"
                    "하느님은 아시죠:
예언자는 그들이 살과 가죽으로 옷을 입은 걸 보았죠,
바람이 그들에게 불어와 생명이 들어왔어요,
영혼들이 몸을 흔들고 일어났어요.
  시간을 재촉하여, 아, 주님, 그들의 죄를 지워 주세요,
  인생을 시작하게요."

SWEET DEATH

The sweetest blossoms die.
  And so it was that, going day by day
  Unto the church to praise and pray,
And crossing the green churchyard thoughtfully,
  I saw how on the graves the flowers
  Shed their fresh leaves in showers,
And how their perfume rose up to the sky
  Before it passed away.

The youngest blossoms die.
  They die, and fall and nourish the rich earth
  From which they lately had their birth;
Sweet life, but sweeter death that passeth by
  And is as though it had not been:—
  All colors turn to green:
The bright hues vanish, and the odours fly,
  The grass hath lasting worth.

And youth and beauty die.
  So be it, O my God, Thou God of truth:
  Better than beauty and than youth
Are Saints and Angels, a glad company;

달콤한 죽음

가장 달콤한 꽃들이 죽어요.
　그랬던 것이지요, 하루 또 하루 지나며
　찬양하고 기도하러 교회에 가는 길,
초록 교회 마당을 사려 깊게 가로지르며,
　나는 보았어요. 무덤 위에 꽃들이
　신선한 이파리를 어떻게 후두둑 떨구는지,
그 향기 어떻게 하늘로 올라가는지
　그 향기 다하기 전에.

가장 어린 꽃들이 죽어요.
　꽃들은 죽고, 떨어져 최근에 자신들
　태어났던 풍요로운 땅을 비옥하게 해요;
달콤한 생, 하지만 스쳐 가는 더 달콤한 죽음
　마치 없었던 것같이 그렇게: ─
　모든 빛깔들 초록으로 바뀌고요:
밝은 색조 사라지고, 향기 날아가고,
　풀은 영속적인 가치가 있어요.

젊음과 아름다움은 죽어요.
　그래야 하지요, 아, 나의 하나님, 그대 진리의 하나님:
　아름다움보다 낫고 젊음보다 낫지요
성자들과 천사들은, 기쁨의 동반자;

And Thou, O lord, our Rest and Ease,

Are better far than these.

Why should we shrink from our full harvest? why

Prefer to glean with Ruth?

그리고 당신, 오 주여, 우리의 휴식 우리의 평안,
이보다 훨씬 더 좋지요.
우리가 왜 그득 수확하고서 움츠려야 하지요? 왜
　룻의 슬픔으로 이삭 줍는 걸 더 좋아해야 하나요?[7]

SYMBOLS

I watched a rosebud very long
   Brought on by dew and sun and shower,
   Waiting to see the perfect flower:
Then, when I thought it should be strong,
   It opened at the matin hour
    And fell at even-song.

I watched a nest from day to day,
   A green nest full of pleasant shade,
   Wherein three speckled eggs were laid:
But when they should have hatched in May,
   The two old birds had grown afraid
    Or tired, and flew away.

Then in my wrath I broke the bough
   That I had tended so with care,
   Hoping its scent should fill the air;
I crushed the eggs, not heeding how
   Their ancient promise had been fair:
    I would have vengeance now.

But the dead branch spoke from the sod,

상징들

이슬과 햇살과 소나기가 가져다준
　　장미 꽃봉오리를 오래 바라보았어요,
　　활짝 핀 꽃을 보고 싶어서:
그리고, 그 꽃이 강해야 한다고 생각했는데,
　　아침 기도 시간에 꽃봉오리 열고
　　저녁 기도 시간에 그만 지고 말았어요.

매일 매일 둥지를 지켜봤어요,
　　유쾌한 그늘 가득한 푸르른 둥지,
　　반점이 세 개 있는 알들이 놓여 있네요:
하지만 5월에 그 알들 부화했어야 할 때,
　　그 두 나이 든 새 부부 겁이 나서
　　혹은 지쳐서, 그만 날아가 버렸죠.

화가 너무 나서 가지를 꺾어 버렸네요
　　그토록 조심스럽게 보살펴 왔던 그 가지를,
　　향기나마 대기를 가득 채우길 소망하며;
나는 알들도 으깨 버렸죠, 그 오래된 약속이
　　얼마나 아름다웠는지 개의치 않고서:
　　이제 복수를 했는지도 몰라요.

하지만 그 죽은 나뭇가지가 흙에서 말했죠,

And the eggs answered me again:
Because we failed dost thou complain?
Is thy wrath just? And what if God,
Who waiteth for thy fruits in vain,
Should also take the rod?

알들이 내게 다시 대답했어요:
우리가 피지 못 한 게 그렇게 불만인가요?
그대 분노가 정당한가요? 그렇다면 하나님이,
　그대 열매 헛되이 기다리시는 분이
　　그 회초리 가지고 오신다면요?

"CONSIDER THE LILIES OF THE FIELD"

Flowers preach to us if we will hear:—
The rose saith in the dewy morn:
I am most fair;
Yet all my loveliness is born
Upon a thorn.
The poppy saith amid the corn:
Let but my scarlet head appear
And I am held in scorn;
Yet juice of subtle virtue lies
Within my cup of curious dyes.
The lilies say: Behold how we
Preach without words of purity.
The violets whisper from the shade
Which their own leaves have made:
Men scent our fragrance on the air,
Yet take no heed
Of humble lessons we would read.

But not alone the fairest flowers:
The merest grass
Along the roadside where we pass,
Lichen and moss and sturdy weed,

"들에 핀 나리꽃을 생각하세요"*

꽃들이 우리에게 설교하네요, 듣고자 하면: ──
이슬 내린 아침에 장미가 말해요:
내가 가장 아름다워;
하지만 내 사랑스러움은
가시 위에서 탄생하지.
옥수수밭 양귀비꽃이 말하네요:
내 주홍색 머리만 보이기 시작하면
나는 비웃음거리 되겠지;
하지만 미묘한 미덕의 즙이
내 신비로운 빛의 꽃받침 안에 있지.
백합이 말하네요: 순수함에 대한 말은
입 밖에도 안 내고 우리가 어찌 설교하는지 봐.
제비꽃은 자기네 이파리들이 만든
그늘에서 소곤소곤 이야기하고요:
남자들은 대기에서 우리 향기를 맡는데
우리가 읽곤 했던 소소한 교훈들은
거들떠도 안 보네.

제일 아름다운 꽃들만이 아니네요:
우리가 지나는 길가에 핀
제일 소박한 풀들도
온갖 종류의 이끼들과 억센 잡초들도

Tell of His love who sends the dew,

The rain and sunshine too,

To nourish one small seed.

이슬 보내 주시는 그분 사랑을 말하네요,
작은 씨앗 하나 키워 내려
비와 햇살도 같이 보내 주시는.

*"그리고 너희는 왜 옷 걱정을 하느냐? 들에 핀 나리꽃들이 어떻게 자라는지
지켜보아라. 그것들은 애쓰지도 않고 길쌈도 하지 않는다. 그러나 내가
너희에게 말한다. 솔로몬도 그 온갖 영화 속에서 이 꽃 하나만큼 차려입지
못하였다."
(「마태복음」 6장 28~29절)

THE WORLD

By day she woos me, soft, exceeding fair:
  But all night as the moon so changeth she;
  Loathsome and foul with hideous leprosy
And subtle serpents gliding in her hair.
By day she wooes me to the outer air,
  Ripe fruits, sweet flowers, and full satiety:
  But through the night, a beast she grins at me,
A very monster void of love and prayer.
By day she stands a lie: by night she stands
  In all the naked horror of the truth
With pushing horns and clawed and clutching hands.
Is this a friend indeed; that I should sell
  My soul to her, give her my life and youth,
Till my feet, cloven too, take hold on hell?

세상

낮이면 그녀 내게 사랑을 고백해, 부드럽고, 너무 예뻐:
  하지만 밤새도록 달처럼 그렇게 그녀는 바뀌네;
  끔찍한 나병으로 더럽고 혐오스럽게
머리카락으로 미끄러지는 미묘한 뱀들로.
낮이면 그녀는 바깥 대기로 나를 꼬드겨요.
  잘 익은 과일들, 어여쁜 꽃들로, 또 꽉 찬 포만감도:
  하지만 밤새도록 그녀 한 마리 짐승 되어 내게 히죽이네,
사랑도 없고 기도도 없는 바로 그 괴물처럼.
낮이면 그녀 내게 거짓을 세우고: 밤이면 그녀
  모든 것에서 그 적나라한 진실의 공포를 세우네
밀어 대는 뿔들과 발톱과 움켜쥐는 손들을 보이며.
이게 정녕 친구인가; 나 나의 영혼을
  그녀에게 팔아야 하나, 내 인생 내 젊음 다 줘야 하나,
마침내 내 발 또한 갈라져 지옥을 꽉 잡게 될 때까지?

A TESTIMONY

I said of laughter: it is vain.
　Of mirth I said, what profits it?
　Therefore I found a book, and writ
Therein how ease and also pain,
How health and sickness, every one
Is vanity beneath the sun.

Man walks in a vain shadow; he
　Disquieteth himself in vain.
　The things that were shall be again.
The rivers do not fill the sea,
But turn back to their secret source;
The winds too turn upon their course.

Our treasures moth and rust corrupt,
　Or thieves break through and steal, or they
　Make themselves wings and fly away.
One man made merry as he supped,
Nor guessed how when that night grew dim
His soul would be required of him.

We build our houses on the sand,

증언

웃음에 대해 내 말했지: 그건 헛된 일.
　기쁨에 대해 내 말했지, 무슨 이득이 있지?
　그래서 나 책을 찾았지, 그리고 썼지
그게 얼마나 편안하고 또 고통스러운지,
건강과 질병이 어떻게, 여러분
태양 아래 허영인지.

사람은 헛된 그림자로 걷지; 자신을
　진정시켜 보지만 헛된 일.
　그런 일들 다시 일어날 것이고.
강물들은 바다를 메우지 않고,
대신 비밀의 원천으로 돌아가지;
바람 또한 진로를 돌리지.

우리의 보물들은 나방과 부패한 녹,
　혹은 도둑들이 침범해 들어와 훔치거나,
　스스로 날개를 만들어서 날아가 버리네.
저녁 먹으며 한 남자 즐거워지네,
언제 어떻게 그 밤 어두워졌는지 짐작 못해
그의 영혼이 그에게 필요할 것 같아.

우리는 모래 위에 집을 짓지,

Comely withoutside and within;
　But when the winds and rains begin
To beat on them, they cannot stand:
They perish, quickly overthrown,
Loose from the very basement stone.

All things are vanity, I said:
　Yea, vanity of vanities.
　The rich man dies; and the poor dies;
The worm feeds sweetly on the dead.
Whate'er thou lackest, keep this trust:
All in the end shall have but dust:

The one inheritance, which best
　And worst alike shall find and share:
　The wicked cease from troubling there,
And there the weary be at rest;
There all the wisdom of the wise
Is vanity of vanities.

Man flourishes as a green leaf,
　And as a leaf doth pass away;

안에도 밖에도 소박한 집을;
　하지만 바람과 비가 이 집들을
두들겨 패기 시작하면 집들은 견디지 못해:
집들은 멸망하고, 빠르게 뒤집어지고,
바로 그 지하의 돌에서 느슨해져서.

모든 것이 헛된 거라고, 나 말했지:
　그래, 헛되고 헛되지.
　부자는 죽고; 가난한 사람도 죽고;
벌레는 그 죽은 사람을 달게 먹고.
무엇이 부족할지라도, 이 믿음 지키렴:
결국 모든 것, 먼지만 남을 것이니:

유산 하나, 최선이고
　최악이고 똑같이 찾아서 나누게 될 것:
　악인은 거기서 말썽 피우기를 그치고,
거기서 지친 자들은 쉬게 되리니;
지혜로운 자들의 지혜가 모두 거기에,
헛되고 헛되다는 것.

인간은 푸른 이파리로 번성하고,
　하나의 잎새로 죽어 가고;

Or, as a shade that cannot stay
And leaves no track, his course is brief:
Yet man doth hope and fear and plan
Till he is dead:—O foolish man!

Our eyes cannot be satisfied
  With seeing, nor our ears be filled
  With hearing: yet we plant and build
And buy and make our borders wide;
We gather wealth, we gather care,
But know not who shall be our heir.

Why should we hasten to arise
  So early, and so late take rest?
  Our labor is not good; our best
Hopes fade; our heart is stayed on lies:
Verily, we sow wind; and we
Shall reap the whirlwind, verily.

He who hath little shall not lack;
  He who hath plenty shall decay:
  Our fathers went; we pass away;

혹은 어떤 자취도 남기지 않고
머물 수 없는 그늘처럼, 인간의 행로는 짧아:
하지만 인간은 희망과 두려움, 그리고 계획을 세워
죽을 때까지: — 아 어리석은 자여!

우리 눈은 만족할 수가 없어
　보는 것으로는, 마찬가지로 우리 귀도
　듣는 것으로는 채워지지 않고: 그러나 우리 심고
건설하고 사고 우리 국경을 더 넓게 만들고;
부를 모으고, 보살핌을 모으고,
하지만 누가 우리 후계자 될지는 모른다네.

우리는 왜 그리 일찍 일어나려 서두르나?
　왜 그리 늦게 휴식을 취하는가?
　우리 노동은 좋지 않아; 우리 최선의
희망들은 시들고; 우리 심장은 거짓에 머물고:
정말, 우리는 바람을 뿌리고; 또 우리는
회오리를 거두리니, 정말로

적게 가진 자는 부족함이 없을지니;
　많이 가진 자는 썩게 될 것이니:
　우리 조상들은 떠났고; 우리는 죽고;

Our children follow on our track:
So generations fail, and so
They are renewed and come and go.

The earth is fattened with our dead;
  She swallows more and doth not cease:
  Therefore her wine and oil increase
And her sheaves are not numbered;
Therefore her plants are green, and all
Her pleasant trees lusty and tall.

Therefore the maidens cease to sing,
  And the young men are very sad;
  Therefore the sowing is not glad,
And mournful is the harvesting.
Of high and low, of great and small,
Vanity is the lot of all.

A King dwelt in Jerusalem;
  He was the wisest man on earth;
  He had all riches from his birth,
And pleasures till he tired of them;

우리 아이들은 우리 길을 따르리:
그렇게 세대들이 망하고, 그렇게
세대들은 갱신되고 왔다가 가네.

땅은 우리 죽음으로 살이 찌고;
　땅은 더 많이 삼키고 멈추지 않네:
　그러므로 땅의 포도주와 기름이 늘어나고
땅의 볏단에는 번호를 붙일 수 없고;
그리하여 식물들은 푸르고, 모든
경쾌한 땅의 나무들은 높고 활기차네.

그러므로 처녀들은 노래를 멈추지,
　그래서 청년들은 아주 슬프고;
　그래서 씨 뿌리기가 기쁘지 않고,
수확도 서글프기 짝이 없어.
높고 낮으며, 크고 작은 것 중,
허망함이 모든 것의 운명이니.

한 왕이 예루살렘에 살고 있었지;
　그분은 지상에서 가장 지혜로운 이;
　그분은 태어날 때부터 모든 부를 가졌지,
지칠 때까지 즐거움도 가졌지;

Then, having tested all things, he
Witnessed that all are vanity.

그리고 모든 것을 시험해 본 다음, 그는
모든 것이 허망함을 눈으로 보았지.

SLEEP AT SEA

Sound the deep waters:—
　Who shall sound that deep?—
Too short the plummet,
　And the watchmen sleep.
Some dream of effort
　Up a toilsome steep;
Some dream of pasture grounds
　For harmless sheep.

White shapes flit to and fro
　From mast to mast;
They feel the distant tempest
　That nears them fast:
Great rocks are straight ahead,
　Great shoals not past;
They shout to one another
　Upon the blast.

Oh, soft the streams drop music
　Between the hills,
And musical the birds' nests
　Beside those rills:

바다에서 잠들다

깊은 바닷물 소리 ―
　누가 그리 깊은 소릴 내지? ―
깊이를 가늠하는 추 너무 짧아
　파수꾼들은 잠이 들었고.
누군가는 꿈을 꾸네 가파른 곳
　힘들게 오르는 꿈;
누군가는 꿈을 꾸네 무해한 양들
　노니는 목초지 땅을.

하얀 형체들 이리저리 날리네
　돛대에서 돛대로;
이들은 감지하네 멀리 있는
　폭풍이 빠르게 다가옴을:
커다란 바위들 코앞에 있고,
　커다란 암초들 지나지 못했네;
이들은 서로에게 고함 지르네
　강풍이 분다고.

아, 계곡물들은 부드럽게 떨구네
　언덕 사이로 음악을,
새들의 둥지는 음악처럼
　저 시냇가 옆에서 조잘조잘:

The nests are types of home
  Love-hidden from ills,
The nests are types of spirits
  Love-music fills.

So dream the sleepers,
  Each man in his place;
The lightning shows the smile
  Upon each face:
The ship is driving, driving,
  It drives apace:
And sleepers smile, and spirits
  Bewail their case.

The lightning glares and reddens
  Across the skies;
It seems but sunset
  To those sleeping eyes.
When did the sun go down
  On such a wise?
From such a sunset
  When shall day arise?

저 둥지들은 집과 같은 것,
 아픔으로부터 사랑 감춰진
저 둥지들은 영(靈)과 비슷하여
 사랑의 음악이 충만해.

그렇게 잠자는 이들은 꿈을 꾸네,
 각자가 자기 자리에서;
번개는 미소를 보여주네
 각자의 얼굴에:
배가 질주하고, 질주하고,
 빠르게 질주하네:
잠자는 이들은 웃고, 영령들은
 비통해하네, 그 사건에.

번개가 번쩍번쩍 붉게
 하늘을 가로지르고;
잠자는 자의 눈에는 다만
 해가 지는 것 같아.
언제 해가 저물었던 걸까
 이처럼 맞춤으로?
해가 지고 나면
 날은 언제 다시 밝을까?

"Wake," call the spirits:
  But to heedless ears:
They have forgotten sorrows
  And hopes and fears;
They have forgotten perils
  And smiles and tears;
Their dream has held them long,
  Long years and years.

"Wake," call the spirits again:
  But it would take
A louder summons
  To bid them awake.
Some dream of pleasure
  For another's sake;
Some dream, forgetful
  Of a lifelong ache.

One by one slowly,
  Ah, how sad and slow—
Wailing and praying

"일어나" 영령들이 외치네:
　부주의한 귀들에게:
그이들은 슬픔도 잊었고,
　희망도 두려움도 잊었네;
그이들은 위험도 잊었고
　웃음도 눈물도 잊어버렸네;
꿈이 그들을 오래 붙잡아 두었기에,
　아주 오랜 세월을.

"일어나," 그 영령들 다시 외치네:
　하지만 더 필요하겠지
이들을 깨우려면
　더욱 큰 소리가.
어떤 이는 다른 이를 위해
　즐거운 꿈을 꾸네;
어떤 이는 꿈을 꾸네,
　평생의 고통을 잊고서.

하나씩 하나씩 천천히,
　아, 얼마나 슬프고 느리던지 ─
통곡하고 기도하며

The spirits rise and go:
Clear stainless spirits
  White as white as snow;
Pale spirits, wailing
  For an overthrow.

One by one flitting,
  Like a mournful bird
Whose song is tired at last
  For no mate is heard.
The loving voice is silent,
  The useless word;
One by one flitting
  Sick with hope deferred.

Driving and driving,
  The ship drives amain:
While swift from mast to mast
  Shapes flit again,
Flit silent as the silence
  Where men lie slain;
Their shadow cast upon the sails

영령들이 일어나 가네:
투명하고 깨끗한 영령들이
  눈처럼 새하얀 영령들이;
창백한 영령들이, 배가
  뒤집히는 걸 슬퍼하며.

하나씩 하나씩 날아가네,
  슬퍼하는 새처럼
제 짝이 들어 주지 않아서
  노래마저 마침내 지쳐 버리고.
사랑스러운 목소리 잠잠해지고,
  그 소용없는 말;
하나씩 하나씩 날아가네
  유예된 희망에 지치고 지쳐.

달리고 달리네,
  배가 지체없이 달려가네:
돛대에서 돛대로 빠르게
  형체들이 다시 돌아다니네,
침묵처럼 조용히 움직이네
  선원들 살해되어 누워 있는 곳에;
그들의 그림자가 돛에 드리워져

Is like a stain.

No voice to call the sleepers,
  No hand to raise:
They sleep to death in dreaming,
  Of length of days.
Vanity of vanities,
  The Preacher says:
Vanity is the end
  Of all their ways.

얼룩 같고.

어떤 목소리도 잠든 이들 부를 수 없고,
  어떤 손도 들어 올릴 수 없네:
그들은 꿈을 꾸며 죽음의 잠을 자네
  긴긴 날들 동안.
헛되고 헛되도다,
  설교자가 말을 하네:
그 모든 여정의 끝에
  허망함이 있네.

FROM HOUSE TO HOME

The first was like a dream through summer heat,
  The second like a tedious numbing swoon,
While the half-frozen pulses lagged to beat
    Beneath a winter moon.

"But," says my friend, "what was this thing and where?"
  It was a pleasure-place within my soul;
An earthly paradise supremely fair
    That lured me from the goal.

The first part was a tissue of hugged lies;
  The second was its ruin fraught with pain:
Why raise the fair delusion to the skies
    But to be dashed again?

My castle stood of white transparent glass
  Glittering and frail with many a fretted spire,
But when the summer sunset came to pass
    It kindled into fire.

My pleasaunce was an undulating green,
  Stately with trees whose shadows slept below,

집에서 집으로

첫 번째는 여름의 무더위를 지나는 꿈과 같았지,
　두 번째는 지루한 멍 때리기 같았고,
반쯤 얼어붙은 맥박이 느려지는 동안에
　　겨울 달 아래에서.

"근데," 내 친구가 말하네, "이게 뭐였지, 어디였지?"
　그건 내 영혼 속의 즐거운 장소였지.
지극히 공평한 지상의 낙원
　　나를 그 목표에서 끌어내 준.

그 첫 번째 부분은 껴안은 거짓들의 조직;
　두 번째 부분은 고통으로 가득 찬 폐허였지:
왜 그 아름다운 망상을 하늘로 올리고선
　　다시 또 패대기를 칠까?

나의 성은 하얗고 투명한 유리로 서 있었고
　수많은 뾰족한 탑들로 반짝반짝 연약하게,
하지만 여름 노을이 지나갈 때면
　　그 성은 활활 타올랐지.

내 기쁨은 초록으로 물결쳤고,
　그림자 드리운 나무들과 더불어 장엄하게.

With glimpses of smooth garden-beds between
Like flame or sky or snow.

Swift squirrels on the pastures took their ease,
With leaping lambs safe from the unfeared knife;
All singing-birds rejoicing in those trees
Fulfilled their careless life.

Wood-pigeons cooed there, stockdoves nestled there;
My trees were full of songs and flowers and fruit,
Their branches spread a city to the air
And mice lodged in their root.

My heath lay farther off, where lizards lived
In strange metallic mail, just spied and gone;
Like darted lightnings here and there perceived
But nowhere dwelt upon.

Frogs and fat toads were there to hop or plod
And propagate in peace, an uncouth crew,
Where velvet-headed rushes rustling nod
And spill the morning dew.

고르게 펼쳐진 정원 화단 언뜻언뜻 보이고
　불꽃처럼 하늘처럼 흰 눈처럼.

목초지의 날쌘 다람쥐들은 편히 쉬었지,
　겁 없는 칼에서 안전하게 뛰노는 양들과 함께;
그 나무들에서 노래하는 모든 새들은
　걱정 하나 없는 인생을 맘껏 즐겼지.

산비둘기 거기서 구애하고, 들비둘기 거기서 둥지 틀고;
　나의 나무들은 노래와 꽃들과 과일들로 가득 찼지,
나무 가지들은 도시를 대기로 쭉 펼쳤고
　나무 뿌리엔 쥐들이 깃들였지.

내 황야는 훨씬 더 멀리 뻗어, 그곳엔 도마뱀이 살아
　이상하게 반짝이는 비늘 옷에, 눈치만 보다가 가 버렸지;
여기저기 번쩍이는 번개처럼 감지되지만
　어디에서도 살지 않은 것처럼.

개구리들, 살찐 두꺼비들이 폴짝폴짝 터덜터덜
　거기로 가서 평화 속에 늘어났네, 촌스러운 식구,
폭신 머리 골풀들은 고개를 바스락거리며
　아침 이슬을 쏟아 내고.

All caterpillars throve beneath my rule,
  With snails and slugs in corners out of sight;
I never marred the curious sudden stool
    That perfects in a night.

Safe in his excavated gallery
  The burrowing mole groped on from year to year;
No harmless hedgehog curled because of me
    His prickly back for fear.

Oft times one like an angel walked with me,
  With spirit-discerning eyes like flames of fire,
But deep as the unfathomed endless sea,
    Fulfilling my desire:

And sometimes like a snowdrift he was fair,
  And sometimes like a sunset glorious red,
And sometimes he had wings to scale the air
    With aureole round his head.

애벌레들은 모두 내가 정한 규칙 아래 와글와글
　달팽이, 민달팽이는 구석에 숨어 보이지 않네;
밤이면 더할 나위 없는
　　그 놀랍고 신기한 끄나풀 나 망친 적 없어.

자신이 판 굴에서 안전하게
　땅속 두더지가 한 해 한 해 더듬었어;
어떤 착한 고슴도치도 나 때문에 겁먹어
　　뾰족뾰족한 등을 웅크리지 않았어.

이따금씩 천사와 같은 이가 나와 함께 걸었지.
　불길에 휩싸인 듯 영혼을 식별하는 눈으로,
하지만 깊이를 가늠할 수 없는 끝없는 바다처럼
　　내 갈망을 채워 주면서:

또 때로는 눈보라처럼 그이는 아름다웠지,
　또 때로는 지는 해처럼 영광스럽게 불탔고,
또 때로는 날개를 달고 대기를 날아올랐지
　　머리에 후광을 두르고

We sang our songs together by the way,
  Calls and recalls and echoes of delight;
So communed we together all the day,
    And so in dreams by night.

I have no words to tell what way we walked.
  What unforgotten path now closed and sealed;
I have no words to tell all things we talked,
    All things that he revealed:

This only can I tell: that hour by hour
  I waxed more feastful, lifted up and glad;
I felt no thorn-prick when I plucked a flower,
    Felt not my friend was sad.

"Tomorrow," once I said to him with smiles:
  "Tonight," he answered gravely and was dumb,
But pointed out the stones that numbered miles
    And miles to come.

"Not so," I said: "tomorrow shall be sweet;
  Tonight is not so sweet as coming days."

가는 길에 우리는 함께 노래를 불렀지,
 기쁨의 외침과 회상과 메아리들;
그렇게 우리 같이 하루 종일 함께했고,
 그렇게 밤엔 꿈 속에서도.

어떻게 우리가 걸었는지 말할 수가 없네.
 이제는 닫히고 봉인된 잊을 수 없는 그 길;
우리가 말한 모든 것들 말할 수가 없네,
 그이가 드러낸 그 모든 것들:

이것만 말할 수 있어: 매 시간마다
 나는 더 풍성하게 광을 냈고, 들뜨고 기뻤지;
꽃을 꺾었을 때 가시가 찌르는 것도 몰랐지,
 내 친구 슬프다는 것도 몰랐지.

"내일" 한번은 내가 그이에게 웃으며 말했네:
 "오늘" 그이가 묵직하게 대답하곤 침묵하네,
대신 그 돌들을 가리키네, 몇 마일 몇 마일
 몇 마일 남았는지 숫자 적힌 돌들을.

"아니," 내가 말했지. "내일 감미롭겠죠;
 오늘이 다가오는 날만큼 감미롭지 않아도."

Then first I saw that he had turned his feet,
   Had turned from me his face:

Running and flying miles and miles he went,
   But once looked back to beckon with his hand
And cry: "Come home, O love, from banishment:
   Come to the distant land."—

That night destroyed me like an avalanche;
   One night turned all my summer back to snow:
Next morning not a bird upon my branch,
   Not a lamb woke below;

No bird, no lamb, no living breathing thing;
   No squirrel scampered on my breezy lawn,
No mouse lodged by his hoard: all joys took wing
   And fled before that dawn.

Azure and sun were starved from heaven above,
   No dew had fallen, but biting frost lay hoar:
O love, I knew that I should meet my love,
   Should find my love no more.

그리고 처음으로 나는 보았지, 발길 돌리는 그이,
　그이가 내게서 얼굴을 돌렸다는 걸.

수 마일을 달리고 또 날아서 그이는 갔지,
　하지만 한번은 돌아보며 손짓해 불렀지
또 외쳤지: "집으로 와요, 내 사랑, 유배는 그만:
　그 머나먼 땅으로 와요." ——

그날 밤은 산이 무너지듯 나를 파괴했어;
　내 모든 여름날을 눈으로 바꾸어 놓은 그 밤:
다음 날 아침엔 내 가지에 새 한 마리 없고,
　양 한 마리 깨어나지 않았어;

새도, 양도, 살아 숨쉬는 것 하나 없이;
　내 미풍 부는 잔디 위 날쌘돌이 다람쥐도 없이,
양식 옆에 깃든 쥐 한 마리 없고, 모든 기쁨들 날개 달고
　날아가 버렸네, 새벽이 오기 전에.

하늘과 햇님은 저 위에 천상에서 굶주렸고,
　이슬도 없고 다만 살을 에는 서리만 희미하게 내렸지:
아, 내 사랑, 내가 그이 만나야 한다는 걸 나 알았지,
　다시는 내 사랑 찾을 수 없다는 걸.

"My love no more," I muttered stunned with pain:
I shed no tear, I wrung no passionate hand,
Till something whispered: "You shall meet again,
   Meet in a distant land."

Then with a cry like famine I arose,
  I lit my candle, searched from room to room,
Searched up and down; a war of winds that froze
   Swept through the blank of gloom.

I searched day after day, night after night;
  Scant change there came to me of night or day:
"No more," I wailed, "no more:" and trimmed my light,
   And gnashed but did not pray,

Until my heart broke and my spirit broke:
  Upon the frost-bound floor I stumbled, fell,
And moaned: "It is enough: withhold the stroke.
   Farewell, O love, farewell."

Then life swooned from me. And I heard the song
  Of spheres and spirits rejoicing over me:

"내 사랑 다시는," 고통에 압도되어 나 중얼거렸지:
　눈물도 안 나왔어, 열정적인 손을 쥐지도 않았고,
마침내 무언가가 속삭였지: "다시 만날 수 있을 거야,
　먼 땅에서 만나게 될 거야."

그리고 굶주림 같은 울음 울며 나 일어났지,
　촛불에 불 붙이고 이 방 저 방 찾아다녔네,
아래로 위로 찾아다녔지; 얼어붙는 바람의 전쟁이
　우울의 허무로 휘몰아쳤네.

날이면 날마다 밤이면 밤마다 나 찾아다녔지;
　밤이건 낮이건 내게 변화는 없었어:
"더는," 나는 울부짖었네, "안 돼요." 그리고 나의 빛 다듬어
　이를 악물었지, 기도는 하지 않았어,

마침내 내 심장 무너지고 내 영혼 무너졌네:
　서리 뒤덮은 바닥 위에 나 비틀거리다 넘어졌네,
그러고는 신음했지: "이제 그만: 이 충격은 알리지 마요.
　안녕, 내 사랑, 안녕."

그러자 생명이 내게서 까무러쳤네. 또 나는 들었네
　나를 두고 기뻐하는 영혼과 천상의 노래를:

One cried: "Our sister, she hath suffered long."—
  One answered: "Make her see."—

One cried: "Oh blessed she who no more pain,
  Who no more disappointment shall receive."—
One answered: "Not so: she must live again;
  Strengthen thou her to live."

So while I lay entranced a curtain seemed
  To shrivel with crackling from before my face;
Across mine eyes a waxing radiance beamed
  And showed a certain place.

I saw a vision of a woman, where
  Night and new morning strive for domination;
Incomparably pale, and almost fair,
  And sad beyond expression.

Her eyes were like some fire-enshrining gem,
  Were stately like the stars, and yet were tender;
Her figure charmed me like a windy stem
  Quivering and drooped and slender.

누군가 외쳤어: "내 동생, 오랫동안 힘들었지."—
　누군가 대답했지: "눈 떠 보게 해야지."—

누군가 외쳤어: "오, 축복받은 그녀 더 이상 고통 없이,
　더는 실망도 하지 않게 되기를."—
누군가 답했어: "그렇게는 안 돼: 그녀는 다시 살아야 해;
　살 수 있도록 그녀에게 힘을 줘야 해."

그래서 내가 몽롱해서 누워 있는 동안 커튼이
　바스락거리며 내 얼굴 앞에서 오그라드는 것 같았어;
내 눈을 획 지나 커지는 광채 하나 빛나더니
　어떤 장소를 보여 주었지.

어떤 여자의 환영을 나는 보았어, 거기선
　밤과 새로운 아침이 지배권을 두고 다투고;
비할 바 없이 창백하고, 거의 아름다운,
　이루 말할 수 없이 슬픈 모습으로.

그녀 눈은 마치 불길 휩싸인 보석 같았고,
　별처럼 당당하면서도 부드러웠어;
그녀 형상이 바람 부는 줄기처럼 나를 사로잡았네
　바들바들 떨며 가냘프게 늘어진 줄기처럼.

I stood upon the outer barren ground,
  She stood on inner ground that budded flowers;
While circling in their never-slackening round
  Danced by the mystic hours.

But every flower was lifted on a thorn,
  And every thorn shot upright from its sands
To gall her feet; hoarse laughter pealed in scorn
  With cruel clapping hands.

She bled and wept, yet did not shrink; her strength
  Was strung up until daybreak of delight:
She measured measureless sorrow toward its length,
  And breadth, and depth, and height.

Then marked I how a chain sustained her form,
  A chain of living links not made nor riven:
It stretched sheer up through lighting, wind, and storm,
  And anchored fast in heaven.

바깥의 황량한 땅에 나는 서 있었고,
  그녀는 꽃들 돋아난 안쪽 땅에 서 있었네;
팽팽하게 원을 그리며 돌면서
  그 신비한 시간에 맞춰 춤을 추었네.

하지만 모든 꽃은 가시 위에 올려졌고
  모든 가시들 모래에서 꼿꼿하게 떨어져
그녀의 발을 스쳤어; 경멸로 돋아난 쉰 웃음소리
  잔인하게 박수 치는 두 손.

그녀 피를 흘리며 울었지만, 움츠러들진 않았어; 기쁨이
  환히 밝아오는 듯 힘이 솟구쳤어;
그녀, 가늠할 바 없는 슬픔을 가늠하여, 슬픔의
  길이, 너비, 폭과 높이까지.

그때 나 보았네, 어떻게 사슬 하나가 그녀 몸을 지탱해
주는지
  만든 것도 뗀 것도 아닌 살아 있는 고리들의 사슬:
그것이 빛과 바람과 폭풍을 뚫고 위로 쭉 뻗어 나갔지,
  그러곤 천상에 재빨리 정박했지.

One cried: "How long? yet founded on the Rock
　She shall do battle, suffer, and attain."—
One answered: "Faith quakes in the tempest shock:
　　Strengthen her soul again "

I saw a cup sent down and come to her
　Brim full of loathing and of bitterness:
She drank with livid lips that seemed to stir
　　The depth, not make it less.

But as she drank I spied a hand distil
　New wine and virgin honey; making it
First bitter-sweet, then sweet indeed, until
　　She tasted only sweet.

Her lips and cheeks waxed rosy-fresh and young;
　Drinking she sang: "My soul shall nothing want;"
And drank anew: while soft a song was sung,
　　A mystical slow chant.

One cried: "The wounds are faithful of a friend:
　The wilderness shall blossom as a rose."—

누군가 외쳤어: "얼마나? 아직 바위에 세워졌는데
　그녀는 싸우고 고생하고 마침내 지키게 되겠지." ─
하나가 대답했어: "폭풍우의 충격에는 신앙이 흔들려:
　그녀 영혼을 다시금 강하게 해야 해."

아래로 내려와 그녀에게 온 꽃봉오리 하나 나는 보았지
　염오와 쓰라림이 찰랑찰랑 가득해:
창백한 입술로 그녀, 덜하게는 못 해도 그 깊이를
　휘젓는 듯 보이는 걸 마셨어.

하지만 그녀가 마실 때 나는 지켜보았어 손 하나가
　새로운 포도주와 갓 짠 꿀을 거르는 모습을; 처음엔
쓰리고 달콤한 맛, 다음엔 정말 다디단 맛, 그래서
　그녀 다만 단 맛만 맛보았지.

그녀의 입술과 뺨이 발그레 상쾌하고 젊게 물들었어;
　마시면서 그녀 노래했어: "내 영혼 더는 부족함이 없네;"
그러고는 또 마셨네: 부드러운 노래가 불리는 동안,
　신비롭고 느릿한 성가가 울려 퍼지는 동안.

누군가 외쳤지: "상처들은 친구에게 충실해요:
　황무지가 장미로 피어나게 될 거예요." ──

One answered: "Rend the veil, declare the end,
  Strengthen her ere she goes."

Then earth and heaven were rolled up like a scroll;
  Time and space, change and death, had passed away;
Weight, number, measure, each had reached its whole;
  The day had come, that day.

Multitudes—multitudes—stood up in bliss,
  Made equal to the angels, glorious, fair;
With harps, palms, wedding-garments, kiss of peace
  And crowned and haloed hair.

They sang a song, a new song in the height,
  Harping with harps to Him Who is Strong and True:
They drank new wine, their eyes saw with new light,
  Lo, all things were made new.

Tier beyond tier they rose and rose and rose
  So high that it was dreadful, flames with flames:
No man could number them, no tongue disclose
  Their secret sacred names.

누군가 대답했어: "베일을 벗겨, 종말을 선포하고
　그녀가 가기 전에 그녀에게 힘을 주세요."

그러더니 땅과 하늘이 두루마리처럼 돌돌 말렸지;
　시간과 공간, 변화와 죽음이 다 지나갔어;
무게, 숫자, 치수, 각각이 전체에 도달했고;
　그날이 왔어, 그날이.

수많은 사람들이, 수많은 사람들이, 일어났어,
　더없는 행복으로, 천사들과 같이 영광되고 아름답게;
하프를 켜고, 종려나무 가지를 흔들고 혼인 예복을 입고,
　평화의 입맞춤으로 머리엔 왕관과 후광이.

그이들은 노래를 불렀어, 높은 곳에서 새 노래를,
　강인하고 진실된 그분께 하프를 켜면서:
새 포도주를 마셨고, 눈으로는 새로운 빛과 함께,
　오, 모든 것이 새로워진 걸 보았어.

한 줄씩 한 줄씩, 그들은 일어나 일어나 또 일어나
　너무 높아 무서울 정도로, 불꽃에 불꽃이 일고:
아무도 번호 매길 수 없었고, 어떤 혀도 발설할 수 없었어
　그 비밀스럽고 성스러운 이름들을.

As though one pulse stirred all, one rush of blood
   Fed all, one breath swept through them myriad-voiced,
They struck their harps, cast down their crowns, they stood
    And worshipped and rejoiced.

Each face looked one way like a moon new-lit,
   Each face looked one way towards its Sun of Love;
Drank love and bathed in love and mirrored it
    And knew no end thereof.

Glory touched glory on each blessed head,
   Hands locked dear hands never to sunder more:
These were the new-begotten from the dead
    Whom the great birthday bore.

Heart answered heart, soul answered soul at rest,
   Double against each other, filled, sufficed:
All loving, loved of all; but loving best
    And best beloved of Christ.

I saw that one who lost her love in pain,
   Who trod on thorns, who drank the loathsome cup;

마치 한 맥박이 모든 걸 흔든 듯, 한 번 피가 돌아
　모두를 먹여 살린 듯, 한 번의 숨결이 수많은 목소리를 휩쓸어,
하프를 켜고, 왕관을 내던지고, 일어서서
　경배하고 기뻐했지.

각각의 얼굴이 달빛 새로 비치듯, 한쪽을 보네,
　각각의 얼굴이 사랑의 태양을 향하듯; 한쪽을 보네
사랑을 마셨고 사랑 속에 목욕을 하고 사랑을 비추었고
　그리하여 그 끝을 알지 못했어.

각자의 축복받은 머리에 영광에 영광이 닿았고,
　손에 손을 맞잡아 결코 떨어지지 않았고:
이들은 죽은 이들에게서 새로이 태어난 이들
　그 위대한 생일을 품고서.

심장이 심장에, 영혼이 영혼에 응답했지, 쉼을 얻었으니.
　서로서로 두 배로, 채웠기에, 충분했어:
모두가 사랑하고, 모두를 사랑했지: 하지만 사랑 중에
　으뜸인 사랑은 주님의 사랑 받는 것.

그녀 사랑 잃은 이가 어떤 고통에 있는지 나 보았어,
　그이는 가시를 밟으며, 끔찍한 잔을 마셨지,

The lost in night, in day was found again;
  The fallen was lifted up.

They stood together in the blessed noon,
  They sang together through the length of days;
Each loving face bent Sunwards like a moon
  New-lit with love and praise.

Therefore, O friend, I would not if I might
  Rebuild my house of lies, wherein I joyed
One time to dwell: my soul shall walk in white,
  Cast down but not destroyed.

Therefore in patience I possess my soul;
  Yea, therefore as a flint I set my face,
To pluck down, to build up again the whole—
  But in a distant place.

These thorns are sharp, yet I can tread on them;
  This cup is loathsome, yet He makes it sweet:
My face is steadfast toward Jerusalem,
  My heart remembers it.

밤에는 길을 잃고, 낮에는 다시 발견되었지;
　떨어진 그이가 들어 올려졌어.

축복받은 한낮에 그들은 함께 서 있었어,
　그들은 하루 종일 함께 노래했어;
각각의 사랑스러운 얼굴 달처럼 해를 향해 숙여
　사랑과 찬양으로 새롭게 빛났어.

그러니 아, 친구여, 나 내 거짓의 집을 다시
　지을 수 있다 해도 짓지 않으리, 거기서 내가
한때는 기쁘게 살았어도; 내 영혼은 하얗게 걸어갈지니,
　내동댕이쳐져도 파괴되진 않고.

그러니 참을성 있게 내 영혼을 가지려고;
　맞아, 그래서 부싯돌로 나는 내 얼굴을 맞추어
다시 허물고 다시 전부를 쌓아 올리려네 —
　하지만 아주 먼 곳에서.

이 가시들은 날카롭지만, 나 밟고 갈 수 있어;
　이 잔은 끔찍하지만 그분이 달콤하게 만드시네:
내 얼굴은 예루살렘을 향하여 굳건하니,
　내 심장이 예루살렘을 기억하네.

I lift the hanging hands, the feeble knees—
   I, precious more than seven times molten gold—
Until the day when from his storehouses
    God shall bring new and old;

Beauty for ashes, oil of joy for grief,
   Garment of praise for spirit of heaviness:
Altho' today I fade as doth a leaf,
    I languish and grow less.

Altho' today He prunes my twigs with pain,
   Yet doth His blood nourish and warm my root:
Tomorrow I shall put forth buds again
    And clothe myself with fruit.

Altho' today I walk in tedious ways,
   Today His staff is turned into a rod,
Yet will I wait for Him the appointed days
    And stay upon my God.

매달린 두 손을 연약한 무릎을 나 들어 ─
　나는, 녹여진 금보다 일곱 배는 더 소중한데
마침내 그날이 와 그분의 창고에서
　하나님이 새것과 낡은 것을 가져오실 때까지;

재를 위한 아름다움, 슬픔을 위한 기쁨의 향유,
　묵직한 영혼을 위한 찬미의 옷:
비록 오늘 나 이파리처럼 희미해지고
　나 여위고 시들해지더라도.

비록 오늘 그분이 내 가지들을 아프게 자르더라도,
　그분의 피가 내 뿌리를 데우고 키울 것이니:
내일 나는 다시 꽃망울 틔울 것이고
　과일로 다시 치장하리니.

비록 오늘 나 지루한 길을 걷는다 해도,
　오늘 그분의 지팡이가 회초리로 변하더라도,
하지만 나는 그분을 기다릴 것이니 약속된 날에
　나의 하나님 곁에 머물 것이니.

OLD AND NEW YEAR DITTIES

1

New Year met me somewhat sad:
  Old Year leaves me tired,
Stripped of favourite things I had
  Baulked of much desired:
Yet farther on my road to-day
God willing, farther on my way.

New Year coming on apace
  What have you to give me?
Bring you scathe, or bring you grace,
Face me with an honest face;
  You shall not deceive me:
Be it good or ill, be it what you will,
It needs shall help me on my road,
My rugged way to heaven, please God.

2

Watch with me, men, women, and children dear,
You whom I love, for whom I hope and fear,
Watch with me this last vigil of the year.
Some hug their business, some their pleasure-scheme;

지난해와 새해를 기리는 노래

1

새해는 나를 조금 슬프게 맞았어요:
　지난해는 나를 지치게 놔두었고요,
내가 좋아한 것들 벗어 버리고
　많이 바란 것들 못 하게 되고:
하지만 더 멀리 오늘 내 길 위에
열렬하신 하나님, 더 멀리 내 길 위에.

빠르게 밝아 오는 새해여
　그대는 내게 무얼 줄 텐가요?
어떤 피해를 가져올 건가요, 어떤 은총을,
정직한 얼굴로 나를 마주해 주세요;
　그대 나를 속이면 안 되잖아요:
좋든 나쁘든 그대가 할 것이면,
내 길 위에서 나를 도와주겠지요,
천국으로 가는 내 험한 길, 제발 하나님.

2

저와 함께 깨어 있어요, 남자들, 여자들, 사랑스러운 아이들,
내가 사랑하는 그대, 내가 희망하고 두려워하는 그대,
나와 함께 깨어서 올해 마지막 밤을 지켜봐요.
누구는 일을 껴안고, 누구는 즐거운 계획을;

Some seize the vacant hour to sleep or dream;
Heart locked in heart some kneel and watch apart.

Watch with me blessed spirits, who delight
All through the holy night to walk in white,
Or take your ease after the long-drawn fight.
I know not if they watch with me: I know
They count this eve of resurrection slow,
And cry, "How long?" with urgent utterance strong.

Watch with me Jesus, in my loneliness:
Tho' others say me nay, yet say Thou yes;
Tho' others pass me by, stop Thou to bless.
Yea, Thou dost stop with me this vigil night;
Tonight of pain, tomorrow of delight:
I, Love, am Thine; Thou, Lord my God, art mine.

3
Passing away, saith the World, passing away:
Chances, beauty and youth sapped day by day:
Thy life never continueth in one stay.

누구는 공허한 시간을 움켜쥐고 잠들거나 꿈을 꿔요;
심장에 갇힌 심장을 누구는 무릎을 꿇고 떨어져 지켜보네요.

저와 함께 깨어 있어요, 축복받은 영혼들, 기뻐하며
그 성스러운 밤이 새도록 하얀 옷 입고 걸어가는 이들,
아니면 그토록 오래 끌어 온 싸움 후에 편히 하세요.
그들이 나와 함께 깨어 있는지 알지 못하지만: 이 부활의
전야를 천천히 헤아리고 있다는 것은 알고 있어요,
그리고 외치지요, "얼마나요?" 다급히 힘찬 말로.

저와 함께 깨어 있어요, 예수님, 저의 외로움 속에:
다른 이들은 싫다 하지만, 당신은 그래도 예 하실 테니;
다른 이들은 나를 지나치지만 당신은 멈춰 축복하실 테니.
네, 당신은 멈춰 서서 나와 함께 이 밤을 함께하시니;
고통의 오늘 밤, 기쁨의 내일을:
나, 사랑해요, 내가 당신입니다; 그대, 주님, 나의 하나님
나의 것.

3
다 지나간다, 세상은 말하네요, 다 지나간다:
아마도, 아름다움과 젊음은 하루하루 스러지고:
당신 삶은 한 번의 머무름에 계속되지 않아요.

Is the eye waxen dim, is the dark hair changing to grey
That hath won neither laurel nor bay?
I shall clothe myself in Spring and bud in May:
Thou, root-stricken, shalt not rebuild thy decay
On my bosom for aye.
Then I answered: Yea.

Passing away, saith my Soul, passing away:
With its burden of fear and hope, of labour and play;
Hearken what the past doth witness and say:
Rust in thy gold, a moth is in thine array,
A canker is in thy bud, thy leaf must decay.
At midnight, at cockcrow, at morning, one certain day
Lo, the Bridegroom shall come and shall not delay:
Watch thou and pray.
Then I answered: Yea.

Passing away, saith my God, passing away:
Winter passeth after the long delay:
New grapes on the vine, new figs on the tender spray,
Turtle calleth turtle in Heaven's May.

눈은 침침해지고, 검은 머리 회색으로 바뀌나요
월계수도 거두지 못하고 월계관도 쓰지 못한 채로요?
나, 봄엔 나를 입히고 5월에는 싹을 틔울 거예요:
당신은, 뿌리 찍혀, 내 가슴에서 시드는*
당신을 영원히 되살리지 않을 건가요.
그래서 나 대답했지요: 네.

다 지나간다, 내 영혼이 말하네요, 다 지나간다:
두려움과 희망과 노동과 놀이의 무거운 짐 지고;
과거가 무엇을 증언했는지 귀 기울이고 말해 보아요:
당신의 금에는 녹이 슬고, 당신 자리엔 나방이 앉았는데,
당신 꽃봉오리 병이 들고, 당신 이파리는 썩게 되겠지요.
한밤에, 닭이 울 때, 아침에, 어느 분명한 날,
아, 신랑께서 오실 것이니 지체하지 마세요:
당신 깨어 있으면서 기도하세요.**
그래서 나 대답했지요: 네

다 지나간다, 나의 하나님 말씀하시네, 다 지나간다:
한참 오래 지체된 후에 겨울이 지나가고:
덩굴에는 새 포도들이, 부드러운 가지엔 새 무화과가,
천상의 5월에, 거북이는 거북이를 부르고요.

Though I tarry wait for Me, trust Me, watch and pray:
Arise, come away, night is past and lo it is day,
My love, My sister, My spouse, thou shalt hear Me say.
Then I answered: Yea.

비록 나 늦어도, 나를 기다려라, 나를 믿어라, 깨어서
기도해라:
일어나, 물러가라, 밤이 지나고, 아, 바로 그날이다,
내 사랑, 내 누이, 내 짝이여, 너는 내가 말하는 것을 듣게
될 거다.
그래서 나 대답했지요: 네.

* "도끼가 이미 나무 뿌리에 닿아 있으니, 좋은 열매를 맺지 않는 나무는 모두
찍혀서 불 속에 던져진다."
(「마태복음」 3장 10절)
** "내가 너희에게 하는 이 말은 모든 사람에게 하는 말이다. 깨어 있어라."
(「마태복음」 13장 37절)
복음서에 하나님이 언제 오실지 알 수 없으니 모두 깨어 있으라는 당부가
여러 군데 나온다. 신랑을 기다리는 신부처럼, 저녁일지, 한밤중일지, 닭이 울
때인지, 새벽일지, 언제 돌아올지 모르는 주인을 기다리는 하인처럼.

AMEN

It is over. What is over?
  Nay, now much is over truly:
Harvest days we toiled to sow for;
  Now the sheaves are gathered newly,
  Now the wheat is garnered duly.

It is finished. What is finished?
  Much is finished known or unknown:
Lives are finished; time diminished;
  Was the fallow field left unsown?
  Will these buds be always unblown?

It suffices. What suffices?
  All suffices reckoned rightly:
Spring shall bloom where now the ice is,
  Roses make the bramble sightly,
  And the quickening sun shine brightly,
  And the latter wind blow lightly,
And my garden teem with spices.

아멘

끝이 났어요. 뭐가 끝났지요?
아니, 정말로 많은 것이 이제 끝났어요:
우리가 씨 뿌려 그토록 애쓴 수확의 날들;
이제 묶은 단들이 새로 모였고요,
이제 밀도 충분히 모였어요.

마무리되었어요. 뭐가 마무리되었지요?
누가 알든 모르든 많은 게 마무리되었어요:
목숨들이 마무리되었고요; 시간은 줄어들었어요;
놀리는 들판에 씨는 안 뿌렸나요?
이 꽃봉오리들 언제까지나 바람에 날리지 않겠지요?

충분해요. 뭐가 충분하지요?
모든 게 똑바로 셈이 되어 충분하답니다:
봄이 피어날 거예요 지금 얼음 언 곳에서,
장미는 가시덤불을 보기 좋게 할 거고요,
서두르는 태양은 밝게 빛날 것이고요,
바람이 가볍게 불어오고,
하여 내 정원은 온갖 향기로 가득할 거랍니다.

1) 이 젊은 부부의 운명은 실제 역사적으로 발생한 일을 상상으로 다시 쓴
   것이다. 1857년 5월부터 1858년 6월까지 인도의 잔시에서 영국의 인도 지배에
   저항한 인도인들의 봉기가 있었다. 이 시에 등장하는 스킨 대령은 잔시를
   다스리던 동인도회사의 책임자 알렉산더 스킨(Captain Alexander Skene)
   대령을 말하는데, 그는 봉기가 발생하자 영국인들을 요새로 피난시켰다.
   하지만 요새는 다음 달 함락된다. 자료에 따르면 이 시에서 묘사된 것과
   달리 스키니 부부는 인도인들에게 생포된 후에 피살되었다고 한다. 로세티의
   1875년 시작 노트에 따르면 로세티는 어디선가 본 자료를 되살려 이 시를
   썼으며 역사적인 사실과 다르다는 점을 밝히고 있다.
2) 그라스미어는 영국 낭만주의 시인 윌리엄 워즈워스가 살았던 곳으로,
   낭만주의 시인들에게 시적 영감을 준 아름다운 호수가 많은 호반 지역(Lake
   District)에 위치해 있다. 영국의 전형적인 농촌 지역이면서 양 떼를 키우는
   돌담이 아직도 있는 아름다운 동네 그라스미어에는 워즈워스 가문의 묘지가
   있다.
3) 그리스 신화에 나오는 숲의 요정. 나르키소스를 사랑했으나, 연못에 비친
   자기 그림자를 사랑하다가 물에 빠져 죽은 나르키소스의 사랑을 얻지
   못하자 점점 몸이 야위어 흔적도 없이 사라진다. 하지만 그를 부르는 소리는
   남아서 메아리로 울리게 되었다고. '에코'가 메아리의 의미를 갖게 된
   사연이다.
4) '파타 모르가나'는 바다에서 발생하는 신기루인데, 이탈리아어로 '요정
   모르가나'라는 뜻이다. 전설에 따르면, 모르가나는 마법으로 공중에 떠 있는
   섬을 만들어 선원들을 유혹해서 죽음으로 몰고 갔다.
5) 대림절은 성탄절 전 4주간, 예수의 탄생과 다시 오심을 기리는 기간이다.
   대림 첫 주 일요일은 교회의 한 해 전례력의 새로운 시작이다. 대림절의
   'Advent'는 '오다'를 뜻하는 라틴어 'Adventus'에서 유래했다. 1연 3행의
   "우리의 램프들이 타올랐다"는 것은 예수 재림을 기다리는 처녀들 중
   바지런하고 지혜로운 처녀 등에 기름을 준비하고 신랑을 기다리는데 반해
   어리석은 처녀는 신랑을 맞을 준비를 하고 있지 못해서 잔치에 들어가지
   못한다는 성경의 비유(「마태복음」 25장)에서 왔다.
6) 18세기 기도 전통 중에 세상과 육신과 악마의 유혹을 이기기 위한 기도가
   있었다. 여기서의 세 원수들은 그 유혹자들을 이야기한다. 세 원수들, 가장

큰 유혹자들이 말을 걸면, 화자가 차례로 대답하는 형식으로 시가 이어진다.

7) 옛날부터 이삭 줍는 일은 입에 풀칠하기 힘들 정도로 가난한 이들이
절망과 비탄 속에서 하는 가장 남루한 행위다. 고대 사회에서 부잣집
유대인들은 가난한 사람들이 주워 가도록 이삭을 남겨 두곤 했다. 「룻」
2장에 보면 기근이 들어 굶어죽게 된 상황에서 룻이 부자 보아스의 밭에서
추수하는 일꾼들 뒤를 따라다니며 이삭을 줍는다. 나중에 룻은 야훼가
맺어 준 보아스의 아들을 낳는데, 그가 바로 다윗의 할아버지다. 부자들의
수확보다도 더 가치 있는 것이 룻의 이삭 줍기인 이유는, 절망과 한탄,
슬픔과 비애가 어린 그 이삭줍기를 통해 하나님 은총과 자비가 확인되기
때문이다. 이 세상의 불운이 궁극에는 보상을 받는다는 것을 로세티는 두
겹의 의미가 있는 단어를 통해 효과적으로 드러냈다.

『데카메론』에 나오는 이야기 가운에 하나이다.

190쪽 단테 가브리엘 로세티, 「손 씻기」(1865), 화가는 이 그림에 대하여 "불행한

연애 사건의 마지막 단계"라고 설명했다.

191쪽 존 브렛, 「크리스티나 로세티」(1857), 스물여섯 살의 시인을 그린 초상화.

풍경화가였던 브렛은 크리스티나에게 세 번째 청혼한 남자였으나 역시

거절당했고, 본문의 시 「"그만 됐거든요, 존"」의 주인공이다.

198쪽 단테 가브리엘 로세티, 「키스당한 입술」(1859), 화가의 가정부이자

모델이면서 애인이었던 패니 콘포스.

199쪽 단테 가브리엘 로세티, 「쥐꼬리망초꽃」(1871), '가엾다'는 꽃말을 가진

꽃이다.

218쪽 에드워드 번 존스, 「희망」(1896)

219쪽 에드워드 번 존스, 「조용한 저녁」(1893)

222쪽 단테 가브리엘 로세티, 「몽상」(1880), 미술평론가이자 친구였던 윌리엄

모리스의 아내 제인 모리스가 모델이다.

223쪽 단테 가브리엘 로세티, 「마리아나」(1868), 셰익스피어 희곡의 주인공을

묘사한 알프레드 테니슨의 시 「마리아나」의 주인공으로, 바다에서 지참금을

잃어버리고 파혼당한다.

232~233쪽 마리 스파르탈리 스틸만, 「장미 화관」(1880)

236쪽 단테 가브리엘 로세티, 「바다의 노래」(1828)

237쪽 단테 가브리엘 로세티, 「톨레메의 피아」(1868), 친구의 아름다운 아내

제인 모리스를 사랑한 화가가 그녀를 단테의 『신곡』에서 정부와 결혼하려는

남편에게 독살당한 여인으로 묘사했다.

244~245쪽 에드워드 번 존스, 「폐허 속의 사랑」(1893)

252쪽 마리 스파르탈리 스틸만, 「사랑의 소네트」(1894)

253쪽 마리 스파르탈리 스틸만, 「작은 풀밭과 깨끗한 우물」(1883)

256쪽 마리 스파르탈리 스틸만, 「마리아나」(1868년경)

257쪽 마리 스파르탈리 스틸만, 「수도원의 백합꽃」(1891)

276쪽 단테 가브리엘 로세티, 「수태고지(受胎告知)」(1850), 시인 크리스티나 로세티가 마리아의 모델이다.

277쪽 단테 가브리엘 로세티, 「예수님 가족의 유월절」(1856)

290~291쪽 마리 스파르탈리 스틸만, 「오피아에 나타나 콘래드 수사에게 아기 예수를 안기는 마리아」(1892)

298쪽 포드 매독스 브라운, 「베드로의 발을 씻기시는 예수님」(1856)

299쪽 포드 매독스 브라운, 「예수의 매장」(연도미상)

306쪽 포드 매독스 브라운, 「천사의 주시」(연도미상)

322쪽 단테 가브리엘 로세티, 「라헬과 레아에 대한 단테의 환상」(1855)

323쪽 단테 가브리엘 로세티, 「룻과 보아스」(1855)

354쪽 단테 가브리엘 로세티, 「베아트리체의 환영 인사」(1882)

355쪽 단테 가브리엘 로세티, 「베아트리체의 환영 인사」(1869), 제인 모리스가 모델이다.

382쪽 에드워드 번 존스, 「다니엘」(1873), 바빌로니아와 페르시아 두 제국에서 네 명의 통치자 아래 약 70여 년간 공직자이자 선지자로 활동한 유대인으로 구약성서 「다니엘」의 필자이다.

383쪽 에드워드 번 존스, 「레바논의 신부」(1891), 솔로몬의 시 「아가」에서 "내 신부야 너는 레바논에서부터 나와 함께 하고 레바논에서부터 나와 함께 가자 아마나와 스닐과 헤르몬 꼭대기에서 사자 굴과 표범 산에서 내려오너라"(아4:8)라는 장면을 그린 그림이다.

단테 가브리엘 로세티, 「크리스티나 로세티」(1866년)

크리스티나가 『고블린 도깨비 시장』에 대한 《더 타임스》의 리뷰를 읽고 나서 성질 부리는 모습을
오빠 단테가 익살스럽게 묘사한 스케치(1862년)

왼쪽부터 큰오빠 단테 가브리엘, 시인 크리스티나, 어머니 프랜시스, 작은오빠 윌리엄

유혹하는 목소리와 맞서는 목소리

정은귀

'19세기 영국의 가장 특별한 여성'의 첫 시집

누가 바람을 본 적이 있나요?
당신도 나도 아니에요:
하지만 이파리들이 매달려 떨고 있을 때
바람이 그 사이로 지나고 있어요.

누가 바람을 본 적이 있나요?
당신도 나도 아니에요:
하지만 나무들이 머리 숙여 인사하면
바람이 지나고 있는 거랍니다.

외우는 시가 많지 않지만 산책길에서 자주 소리 내어 외우는
시다. 간결하고 아름다운 자문자답이다. 지금 이 글을 읽는 독자께
여쭈어본다. 혹 바람을 본 적이 있는지요? 바람은 눈에 보이지 않는다.
그러면 바람을 어떻게 보는가? 보이지 않는 대상은 어떻게 감각할까?
　시인은 바람을 직접 본 적이 없을지라도 나뭇잎이 일렁인다면
바람이 지나는 것이라고, 나무가 머리 숙여 인사하면 바람이 지나는
것이라고 말한다. 보는 감각과 느끼는 감각, 인식하고 아는 감각을 이
시는 무척이나 간결한 언어로 보여 주는 셈이다. 주변 것들과의 관계성
안에서 인식되고 확장되는 세계를 친밀히 보여 주면서 동시에 앎과
경험에 대한 감각을 새롭게 일깨우는 시. 이 아름다운 시를 쓴 시인은
영국 빅토리아조의 여성 시인 크리스티나 로세티(Christina Georgina

Rossetti, 1830-1894)다.

로세티는 영어의 아름다운 결을 일상의 감각 안에서 살리는
차원에서 최고의 시인이다. 최고의 시인이라니! 영시를 가르치고
연구하고 번역하는 사람으로서 이런 무게감 있는 말을 어찌 그리
쉽게 하느냐고 누가 물을지 모르겠다. 하지만 이번에 로세티의 시를
번역하면서, 시를 여러 번 새 마음으로 읽으면서 영어와 한글을
넘나들며 고민하는 긴 시간 동안, 시인의 언어 구사력과 표현력에
감탄했기에 나는 감히, 주저 없이 말한다.

그간 로세티의 시가 우리 문단에도 간간이 소개되기는 했다. 역서도
한두 권 나와 있는 걸로 안다. 일일이 자세히 살펴보진 못했지만 역자의
편의에 따라 임의로 선택한 시들을 모은 두껍지 않은 시집이었던
것으로 기억한다. 그런 책의 장점도 물론 있다. 누군가의 작품을
독자들에게 빨리 소개하고 싶을 때 좋아하는 시들을 골라 모으는 것은
가장 쉬운 방법이다. 그런데 그 과정에서 어떤 시들은 없는 제목이
붙기도 하고, 맥락과 다르게 놓이기도 한다. 시를 쓴 시기가 바뀌어
배치되기도 한다. 편자와 역자의 자의적인 편리가 시인의 작품 세계를
놓고 볼 때는 영문 모를 누빔이 되는 경우가 종종 있다. 역자로서
경계하는 부분이다.

"누가 바람을 본 적이 있나요"로 시작하는 앞의 시도 원래 로세티가
펴낸 동시 연작시의 한 구절인데, 첫 줄을 제목으로 만들어 그의
대표시로 자주 소개되곤 했다. 같은 해 미국에서 태어나 미국시의
거대한 역사가 된 에밀리 디킨슨(Emily Dickinson, 1830-1886)의 시들도
그렇게 제목 없는 시에 제목이 붙어서 세상에 나왔다. 시인의 의도와는
상관없이 후대에 번역 출판과 관련된 여러 현실적인 맥락 안에서 자주
발생하는 일이라서 번역을 할 때 제목이나 형식 등 원래의 시를 시인이
만든 맥락 안에 놓는 일이 번역 작업 자체에 못지않게 중요하다고 늘
생각하는 참이다.

이번 로세티 시 번역도 애초의 계획은 로세티의 시를 선별, 번역하여
시 세계 전체를 조망하려고 했다. 그런데 번역을 하면서 마음이

바뀌었다. 한 권에 시인의 시를 모으는 작업이 너무 큰 세계를 작게 축소하는 느낌이 들어 시인에게 미안했다. 그래서 마음을 바꾸어 이 아름다운 시를 쓴 시인의 첫 시집 완역에 초점을 맞추었다.

평소에 시를 읽고 가르칠 때 시를 번역하는 일은 시 해석과 비평의 첫 걸음이자 마침표라는 이야기를 학생들에게 자주 하는 편인데, 로세티를 제대로 독자들에게 소개하기 위한 길을 오래 고심한 결정이다. 시인의 첫 시집이 역자에게 준 신선한 충격을 그대로 살리고 싶었던 역자의 제안을 존중하여 첫 시집 단독 출판을 흔쾌히 동의해 준 출판사에 이 자리를 빌려 매우 특별한 고마움을 표한다.

크리스티나 로세티는 1830년 12월 5일 영국 런던에서 태어났다. 앞서 말했지만 미국 시인 디킨슨과 출생년도가 같다. 아버지 가브리엘 로세티(Gabriele Rossetti)는 이탈리아에서 영국으로 정치적 망명을 한 시인이었다. 나중에 런던 킹스칼리지 교수가 되어 이탈리아어와 문학을 가르쳤고, 번역가이기도 했다. 어머니는 프랜시스 폴리도리(Frances Polidori)로 외할아버지 또한 번역가였다. 외삼촌은 낭만주의 시인으로 유명한 바이런 경의 친구이자 내과의사였던 존 폴리도리(John Polidori)였으니, 로세티는 어릴 때부터 책과 인연이 깊은 가족들, 공부하는 집안의 문화적 토양에서 자랐다고 할 수 있다.

이탈리아어와 영어를 쓰는 이중 언어 환경에서 예술에 조예가 깊은 부모님 아래, 딸 둘 아들 둘 4남매가 한 살 터울로 조롱조롱 태어났다. 크리스티나는 막내였다. 부모님의 문학적 자양분을 듬뿍 받아 모두 작가의 길로 접어들었다. 성심 깊은 맏이 마리아(Maria Francesca Rossetti)는 단테에 관한 책 『단테의 그림자(A Shadow of Dante)』를 썼고, 오빠 단테 가브리엘 로세티(Dante Gabriel Rossetti)는 빅토리아조 영국에서 매우 영향력 있는 예술가이자 시인이 되어 '라파엘전파(Pre-Raphaelite Brotherhood)'를 결성했다.

그 아래 윌리엄 마이클(William Michael Rossetti)도 작가가 되어 형과 함께 라파엘전파의 일원으로 활동했다. 막내 크리스티나는 어릴 때부터 단테와 페트라르카를 비롯한 많은 고전 작품들을 읽으며 자랐고 동시대 영국 작가들의 글도 열심히 읽었다. 문학적 가풍이 넘치고 학자들과 예술가들의 왕래가 빈번한 개방적인 집에서 생기 넘치는 막내로 자란 로세티의 어린 날은 매우 행복했던 것으로 전기는 전한다.

온유하고 성심 깊은 어머니와 학자 아버지, 언니 오빠들과 온갖 책들에 둘러싸여 문화적으로나 정서적으로나 풍요롭게 자란 로세티는 감정 표현이 풍부했다. 화가 나면 가위로 옷을 자르기도 할 정도로 성깔 있는 막내였다 한다. 하지만 어린 로세티를 그토록 분방하고 자유롭게 한 가정의 행복은 그리 오래가지 못한다. 로세티가 열세 살 무렵 아버지의 건강이 악화되면서 큰 위기가 닥치게 되었으니, 킹스칼리지의 교수직을 그만둔 아버지가 우울증까지 겹쳐 집에서 투병하게 되자 재정적으로나 여러 면에서 가족은 심각한 위기를 맞는다.

그나마 두 오빠는 킹스칼리지를 다니며 공부했지만, 어린 막내 로세티에게 닥친 변화는 한층 더 컸다. 로세티는 집에서 어머니와 함께 고전을 읽으며 종교적으로나 문화적으로나 모자람 없는 교육을 받지만 변화된 환경 속에서 우울증을 비롯하여 심장병과 신경쇠약, 빈혈, 가끔씩 뻗치는 발작성 경련 등 병마와 싸워야 했다. 그래도 어머니가 언니 마리아와 로세티에게 훌륭한 교육자로서의 역할을 하면서 1886년 세상을 떠날 때까지 가족의 종교적, 정신적인 구심점이 되어 주었다.

첫 시집부터 로세티가 낸 시집들은 대부분 어머니께 헌정되는데, 그만큼 로세티의 삶에서 어머니의 자리가 컸기 때문일 것이다. 전기에 따르면 사남매 모두 어머니와의 관계가 돈독해서, 어머니는 로세티 형제들에게 평생의 친구이자 선생님, 또 위로자의 역할을 단단히 한 것 같다. 어릴 때 로세티는 런던에서 30마일 떨어진 거리에 있던 외할아버지의 농장을 방문한 적도 있다 하는데, 거기서 쌓은 아름다운 추억이 첫 시집 『고블린 도깨비 시장』의 생생한 묘사에서 실감나게 드러난다.

영문학사에서 시인 로세티의 언어적 천재성과 감수성은 그동안 라파엘전파의 주된 일원으로 활동했던 오빠들의 그늘에 가려 있었다. 영문학사에서 자주 호명되는 라파엘전파는 1848년 단테 가브리엘 로세티와 윌리엄 로세티를 포함하여 일곱 명의 화가와 문인들이 결성한 모임으로 '자연을 따르라'는 기치를 내걸면서 문화 안에서 아름다움을 추구하며 예술의 독립을 주창하는 운동이었다.

로세티는 오빠들과 라파엘전파 작가들, 화가들과 적극적으로 교류하며 작가로서의 꿈도 키웠으니, 라파엘전파 작가들의 잡지 《기원(The Germ)》에 시도 두 편 싣고, 오빠의 그림 속 모델이 되기도 했다. 라파엘전파의 일원이었던 화가 제임스 콜린슨(James Collinson)으로부터 구애도 받았는데, 로세티는 콜린슨이 가톨릭 교도여서 처음에 거절했다가 영국 국교로 개종하자 청혼을 받아들인다. 그러다 2년 후에 다시 콜린슨이 가톨릭으로 돌아가면서 둘의 관계는 끝이 난다. (먼 훗날, 그로부터 14년 뒤에 로세티는 언어학자 찰스 케일리(Charles Cayley)의 구혼을 받게 되는데, 그를 사랑했음에도 결혼까지 이어지지는 않은 이유 역시 종교에 있었다. 무신론자 케일리를 로세티는 받아들일 수 없었던 것이다.)

아버지의 병환으로 집이 경제적으로 매우 힘들게 되면서 로세티 자신도 건강이 나빠지고 여러 힘든 상황에 부딪히지만, 어머니와 가정 학교(홈스쿨)도 여는 등 나름 살기 위한 노력을 적극적으로 기울인 것으로 보인다. 하지만 이런저런 시도도 불발에 그치게 되고, 아버지가 1854년 세상을 떠난 후 로세티는 플로렌스 나이팅게일 간호학교에서 훈련을 받는다. 크림전쟁 때는 간호사로 지원하기도 했지만 병약하고 어리다는 이유로 뽑히지는 못했다.

어머니와 언니와 같이 살면서 로세티는 겉으로는 고요하나 두 오빠들과, 또 오빠들의 라파엘전파 친구들과 활발한 지적 교류를 이어 가면서 책을 읽고 시를 썼다. 단테와 성 아우구스티누스 외에도 많은 낭만주의 시인들의 시를 읽었고, 당시 유행하던 고딕 소설도 즐겨 읽었다. 어머니의 자기절제적인 신앙 교육과 오빠들의 재기발랄한 유미주의적 문학적 실험, 이처럼 확연히 다른 색깔의 두 세계가 로세티에게 큰 영향을 준 셈인데, 이처럼 대비되는 색채는 마침내 1862년 출판된 로세티의 첫 시집 『고블린 도깨비 시장』에 고스란히 드러난다.

로세티 나이 서른한 살 때 나온 『고블린 도깨비 시장』은 출판하자마자 큰 인기를 얻었다. 3년 후에는 2판이 인쇄되는데, 당시 여성 시인으로서는 매우 드문 일이었다. 시인의 첫 시집과 출판된 당시 나이를 밝히는 이유는 어린 시절부터 시를 써 온 시인이 시집을 내는 것이 얼마나 힘겨웠는가를 우선 독자들에게 상기시켜 드리기 위함이다.

여성 로세티가 19세기 영국의 가장 특별한 여성 중 한 사람으로 불리는 것은 당대 영국 사회에서 여성, 혹은 여성 작가의 운명을 생각하면 어렵지 않게 이해가 된다. 당시에 여성은 결혼하여 가정의 천사인 엄마가 되거나, 결혼하지 않으면 수녀가 되었다. 거리를 자유로이 활보하는 여성은 몸을 파는 여성들이었다. 빅토리아 시대, 국가에서 가정에 이르기까지 가부장적인 질서가 하나의 틀이 꽉 잡힌 사회에서 결혼하지 않고 독신으로 살면서 여성 시인의 길을 걷는 것은 쉬운 일은 아니었다.

활발하고 거침없던 소녀 로세티가 집안의 위기와 가부장적인 시대 질서 속에서 격정을 안으로 삭이는 독신 여성 시인으로 변모해 간 과정은 여러 종류의 억압과 싸우는 길이기도 했다. 첫 시집을 내기 여러 해 전 1854년, 20대 중반에 쓴 시에서 로세티는 "지겨운 삶이야, 정말……/ 여자의 운명은 두 배로 공허해/ 나는 소망하고 소망해 내가 남자이기를"이라고 하면서 차라리 이 세상에서 존재하지 않았더라면 한탄한다.

"육신도 영혼도 아니었더라면/ 먼지 한 톨도 아니었더라면/ 온 세상 물방울 하나도 아니라면"이라는 시구를 통해 여성으로서의 운명에 드리운 공허와 권태, 허무를 폭발적으로 표현한 것이다. 시를 쓸 당시 로세티는 인생의 진로를 선택해야 하는 기로에 서 있었고, 결국 결혼이라는 당대의 가장 익숙한 틀로 들어가지 않기로 결정한 로세티는 이후 영문학사에서 여성 작가의 전통은커녕 자리조차 찾기

어렵던 시기에 작가로서 자신의 자리를 마련하고자 고투했다.

이번에 완역한 첫 시집은 「고블린 도깨비 시장」을 비롯하여, 모험, 사랑, 삶에 대한 여성으로서의 자의식, 그리고 신앙에 대한 갈망이 예민하게 배어 있는 작품들로 구성되어 있다. 당대 가부장적인 질서 안에서 여성의 권리와 관련된 정치적인 메시지를 대놓고 이야기하지는 않지만, 로세티가 한 인간으로서 세계 안에서 여성의 삶에 드리운 그늘을 직시하고, 그 그늘 속에서 어떤 싸움을 해 나가며 시를 썼을지 시를 찬찬이 읽어 보면 선명하게 와닿는다.

첫 시집 『고블린 도깨비 시장』은 1862년에 출판되었지만 1859년 4월 27일에 초고가 완성되었다. 로세티 스스로 작품을 쓴 과정에 대해 밝힌 글이 있는데, 처음에는 사촌 브레이 부인(Mrs Bray)의 작품 『작은 요정들 훔쳐보기(A Peep at the Pixies)』를 흉내 내어 '도깨비 훔쳐보기(A Peep at the Goblins)'라고 제목을 붙였는데, 오빠인 단테 가브리엘 로세티가 지금의 제목으로 바꾸었다 한다.

기대했던 인기를 금방 얻지 못해서 실망했던 초판에 이은 2판과 3판에서 오빠가 많이 읽고 고쳐 주었다고 로세티는 고백하고 있는데, 여성 작가로서 처음 발을 내디딘 그 아슬아슬한 심정이 절실하게 느껴진다. 이 시집은 어머니와 언니에게서 이어받은 금욕적이고 초월적인 종교의 세계와 오빠들에게서 영향을 받은 감각과 관능의 현세적 세계 사이에서, 로세티가 어떤 갈등과 고민을 시적으로 승화했는지 잘 드러난다.

남성 뮤즈들의 어마어마한 신화를 배우고 익히며 성장한 어린 소녀가, 자라나면서 세계 안에서 독립적인 목소리를 가진 여성 시인으로 거듭나는 과정을 실감나게 보여 주는 시집이다. 역자 후기 제목을 "유혹하는 목소리와 맞서는 목소리"로 삼은 것은 여성 시인으로 탄생하는 과정 안에서 시인이 경험하고 단련했을 그 고투의 과정을 찬찬히 돌아보기 위해서다.

유혹하는 목소리들, 사랑과 연대

첫 시집에서 가장 큰 부피를 차지하는 「고블린 도깨비 시장」에서
리지와 로라 두 자매는 아침 저녁으로 고블린 도깨비들의 유혹을
받는다. "우리 과수원의 맛있는 과일 사러 오세요."라는 말이다. 고블린
도깨비들의 다디단 과일은 끌리지 않을 수 없는 매혹적인 대상이다.
라파엘전파의 예술 세계에서 추구된 관능과 풍요, 에로티시즘이 이
도깨비들의 유혹과 통한다고 볼 수 있다.

당대의 질서 안에서는 예술적 상상력은 철저하게 남성 시인들의
영역이었다. 시와 소설, 그림도 애초에 남성들의 영역에 있었고, 그
때문에 과일의 '유혹-타락'과 연결되는 「고블린 도깨비 시장」의 이
구도는 성서과 밀턴 등 서양 고전의 전통 안에 있지만, 동시에 여성
뮤즈가 처한 존재론적인 위험, 즉 예술과 상상력이라는 금지된 남성의
영역으로 진입하는 위험에 대한 이야기라고도 볼 수 있다.

그리고 그 위험은 목숨을 걸 만큼 위험한 것이다. 도깨비들이
출몰하는 그 계곡에서 끝없이 들려오던 소리들은 남성 시인들의
예술적 활동이 시대를 구원하는 위치에 있던 반면에, 여성 작가들의
예술적 활동은 제 자리를 잡지 못하고 배제된 그 시절의 문학적 지도를
암시한다. 풍요롭고 달콤한 고블린 도깨비들의 과일은 실은 사악한
과일이다. 고블린의 과일을 먹은 후에 로라가 건강을 잃고 마음의
평화도 잃게 되는 과정이 그를 방증한다.

하지만 그 유혹하는 목소리에 빠져들지 않기란 쉽지 않다. 고블린의
과일을 먹을 것인가 말 것인가, 이기기 힘든 그 엄청난 유혹, 그 긴장은
당대 사회에서 수많은 여성들이 처한 위태한 사랑의 방정식이기도
하지만, 천진한 소녀에서 가정의 천사로 무난하게 넘어가지 못하고 독신
여성 시인이라는 험난한 길로 나선 시인 로세티의 자의식을 엿보게도
하는 설정이다.

「고블린 도깨비 시장」을 둘러싼 풍경이 당대 빅토리아조의 사회
풍조를 실감나게 보여 준다면, 순수하고 발랄한 로라가 고블린의
유혹하는 목소리에 빠져드는 것이나 상대적으로 참을성 많은 리지가

끈기 있게 자기 희생의 미덕을 발휘하여 로라를 지켜내는 과정은, 시인으로서나 한 인간으로서나 당대 여성의 한계를 넘어 자기 극복의 과정으로 나아간 지난한 길을 함께 보여 준다.

19세기 이전까지 시인은 사제에 준하는 역할을 했다. 시 쓰기는 고전의 규범을 잘 따라야만 할 수 있는 매우 특별하고 예외적인 창조 행위였고, 정식 교육을 거의 받지 못한 여성이 시인이 되는 것은 상상하기 힘든 일이었다. 많은 여성 시인들이 남성의 이름을 빌려서 시를 쓴 것은 그런 이유다. 여성의 글쓰기가 남성 중심의 질서로 유지되는 사회에서 주변부에 처한 여성들의 예속된 상황, 그 실존적 경험이 투사되는 것은 자연스러운 일이었다.

여성 시인들은 한 비평가의 말을 따르면 "언어를 훔친 여성 프로메테우스"가 되어야만 했다. 매우 좋은 환경에서 책에 둘러싸여 성장했음에도 불구하고 남성 중심적인 질서 안에서 교육을 받고 남성 중심의 문학 지도 안에서 시인으로서의 세례를 받은 로세티가 이처럼 유혹하는 목소리와 맞서는 목소리를 실감 나게 그려 낸 것은 시인의 삶이 그에게 던졌던 어떤 과제들과 그 안에서의 고투를 연상케 한다.

고블린 도깨비들과의 재미난 밀당과 유혹들, 로라와 리지의 갈등과 연대, 결국 그 위험한 과즙을 온몸에 바르는 결단을 통해서 "나를 먹어, 나를 마셔, 나를 사랑하라는" 자기 희생의 성찬식을 통해 로라를 구원해 내는 리지의 사랑 방식은 유혹과 갈등 속에서 어떤 사랑의 연대가 가능한지를 보여 준다.

「고블린 도깨비 시장」이라는 긴 시 외에 첫 시집의 짧은 시들 또한 로세티가 비교적 이른 나이에 이룬 시인으로서의 뛰어난 성취를 보여 주기에 부족함이 없다. 이 첫 시집에서 드러나는 사랑의 여러 모습들은 어린 날의 천진한 사랑에서부터 계급적인 차이나 종교적인 이유, 죽음과의 대면 등으로 쉽게 이루어지지 않는 사랑들이다.

그 사랑의 다양한 모습들, 결국 멸(滅)할 수밖에 없는 운명을 지닌 인간 생명의 유한한 시간성의 문제가 자연의 아름다움을 포착하는 시선, 젊음의 희망과 유예되는 꿈들 속에서 고투하는 인간의 솔직한 음성과 어우러지는데, 무엇보다 로세티의 발랄하고 생동감 넘치는 영어가 이 모든 다양한 시선들을 실감 나게 보여 준다.

로세티의 시를 읽는 기쁨은 그래서 여러 색채들, 여러 주제들이 한 면에 다양하게 짜여진 발랄한 색채의 조밀하고 질긴 태피스트리(tapestry)를 보는 듯하다. 「해 질 무렵의 고요」, 「5월」, 「곤한 잠」, 「첫 봄날」 등에서 "오래된 땅이 들려준 노래와 똑같은 노래"를 아름답고 무구(無垢)하게 들려주는 시인은, 이토록 고운 자연을 누리는 우리 인간이 얼마나 쉽고 빠르게 "늙고 차갑고 회색빛"으로 속절없이 남겨지는지를 잊지 않고 이야기한다. 로세티에게 노래는 기쁨 속 슬픔의 노래이고, 희망은 아무것도 모르는 희망이 아니라 허공으로 사라지는 신기루의 시간을 알면서도 소중하게 품고 가는 것이다.

「죽기도 전에 죽어 버린」과 같은 시는 사랑의 약속이 얼마나 허망한 약속인지를 실감 나게 그리고, 「아내가 남편에게」에서 죽음을 앞둔 아내가 남편에게 건네는 이야기는 다하지 못하는 사랑의 슬픔을, 「"그만 됐거든요, 존"」에서는 즐거운 청춘의 발랄하고 짜릿한 밀당을 보여 준다. 「수녀원 문턱」과 같은 시는 종교적 열망을 품은 주인공이 이 세상의 사랑과 삶의 방식 안에서 고민하는 목소리를 생생하게 들려주는 한편, 한 남자와의 사랑을 두고 다투는 계급 다른 두 여인의 날 선 긴장을 「모드 클레어」에서보다 더 실감 나게 보여 줄 수 있을까.

이토록 로세티의 시는 젊음과 늙음이, 환희와 절망과 기쁨과 슬픔이 공존하는 신기루 같은 우리 삶의 면면을 발랄한 영어의 리듬에 실어서 보여 준다. 이 모든 다양한 목소리들이 시인의 첫 시집에 이토록 다채롭게 자리할 수 있는 것은 어린 시절에 로세티가 맛본 인생의 쓰라린 경험들, 가족의 사랑 안에서 맛본 행복과 그 행복이 일거에 불안하게 가시는 그런 아픔 속에서 시인이 고투한 의식의 결과물이지 싶다. 또 어린 시절 그토록 풍부하게 얻어 마신 문학 전통이 튼실한 자양분으로 로세티 시를 빚은 토양을 건강하고 든든하게 만들었다는 것도 분명하다.

만일 내가 봄을 한 번 더 맞는다면,
　아, 내 모든 과거가 "만일"로 끝나 버린
내 과거에 대한 따끔한 말을 할 거예요.
　내가 만일 봄을 한 번 더 맞는다면,
나는 오늘 실컷 웃을 거예요. 오늘은 짧아요.
나는 아무것도 기다리지 않을 거예요.
　지속할 수 없는 오늘을 실컷 다 쓸 거예요.
　오늘을 기뻐하고 노래할 거예요.

「또 한 번의 봄」이라는 시에서 시인이 선언처럼 말하는 구절이다.
로세티의 시를 읽는 일은, 영문학 전통 안에서 남성 작가들이 전유한
언어를 두고 외로이 싸우는 고립된 여성 시인, '다락방의 미친 여자'가
남긴 선언문을 읽는 경험이라기보다는, 남성적인 문학 전통 안에서
자신만의 언어를 소유할 수 있었던 지성과 재치를 엿보는 일이라
비감보다는 즐거움이 더 크다.

그 점에서 로세티는 같은 해 태어나 혼자 시를 썼지만 결국 죽은
후에 위대한 시인의 반열에 든 에밀리 디킨슨과 함께 이야기할 수
있다. 고립된 삶을 살다 간 재기발랄한 여성 작가들의 목소리가 우리
독자들에게 전해지는 과정은, 문학 전통에서 남성 중심의 질서가
부여한 어떤 권위에 도전하는 안간힘에 맞먹는다.

하지만 시에서 드러나는 로세티의 목소리는 어떤 압도적인 무게에
짓눌려 숨을 못 쉬는 자의 목소리이기보다는 "지속할 수 없는" 오늘을
실컷 다 쓰며 "오늘을 기뻐하고 노래한" 그 현재형의 목소리다. 여러
질병으로 인한 신체의 고통과 우울증, 종교적 위기를 겪으면서도
이토록 재기 발랄한 힘을 시에서 발휘할 수 있었던 것이 역자로서는 참
감동이었는데, 독자들에게도 그 감동이 잘 전달되기를 바란다.

늦으나-일찍 발견된 디킨슨과 나중에 발견된 로세티

크리스티나 로세티는 여러 면에서 미국의 여성 시인 에밀리 디킨슨에 비견될 수 있다. 같은 해에 태어난 것 외에 시를 쓰는 여성으로 평생을 살아간 두 시인은 여러 가지 면에서 공통점이 많다. 문학적, 문화적 토양이 풍부한 가정 환경에서 성장한 것, 병약해서 고통 받은 것, 내면의 도드라진 발랄함을 신과 세계와 대면하는 묵직한 문제의식으로 엮은 시를 쓴 것, 실험적인 언어 형식으로 남성 중심의 문학적 전통을 극복하고자 했던 것, 언어와 정체성, 사랑에 관한 질문들, 관계의 문제, 신과 인간의 자리 등 하나로 아우를 수 없는 주제로 시의 세계를 넓고 깊게 만든 것 등이 그것이다.

두 시인 모두 단순하고 소박한 언어와 어둡고 깊은 심연의 언어, 환희와 절망의 질문들이 공존한다. 그러므로 오늘날의 독자가 디킨슨이나 로세티를 하나의 이미지로 손에 넣는 일은 단순한 문제가 아니거니와 불가능한 시도이기 쉽다. 필자가 로세티의 시를 번역함에 있어 선집을 만들려다 첫 시집부터 차근차근 딛고 가고자 마음을 바꾸어 먹은 것도 그 시세계의 거대함과 아름다움이 쉽게 포획되기 힘들다는 이유 때문이었다.

로세티의 첫 시집을 우리말로 옮기면서, 세 번째 파트인 종교적인 부분을 마지막에 공들여 넣은 것도 비슷한 이유다. 이교적인 아름다움과 질문이 많았던 디킨슨에 비해 로세티는 종교적인 성심이 훨씬 더 깊었던 시인인데, 그렇다고 신에 대한 질문이 단선적으로 드러나는 것은 아니다. 이 시집의 뒤에 배치된 종교적인 시편들에서 로세티는 정말 아름다운 언어로 우리를 둘러싼 이 세계에 신의 자리가 어디 있는지를 끈질기고 고통스럽게 질문한다.

성서의 구절들을 자유자재로 시에 인용하고 확장하면서 로세티는 여전히 인간으로 지니는 갈망과 의지의 문제를 신에게 끈질기게 묻는다. "하고자 하고 되고자 하는 당신 의지 받아들이겠어요"라는 담대한 선언으로 시작하는 시 「"그는 상한 갈대를 꺾지 않으리"」는 예수 그리스도의 목소리를 빌려 신 앞에 서 있는 인간의 사랑과 증오, 갈망과 의지의 문제를 솔직하게 질문한다. 여러 시편들에서 "아무것도 담을 수 없는 깨진 그릇", "부서진 그릇"이 되어, 쪼그라든 나뭇잎이 되어 살아가는 연약한 인간의 목소리가, 그럼에도 불구하고 좌절하지 않고 일어나려는 불굴의 의지로 도드라진다.

역자는 이 시편들을 우리말로 옮기면서, 에밀리 디킨슨이 "장전된 총 한 자루"로 그려 낸 그 팽팽한 인간의 자기 분열적인 의식, 치명적인 에너지, 분방한 의지와 권능을 가진 존재로 창조와 파괴를 동시에 할 수 있는 여성의 양가적이면서 분열적인 그 천재적인 시의 목소리가 로세티에게서 다른 방식으로 살아 있음을 보았다.

디킨슨이 짧고 간결한 시의 형식으로 밀고 나갔다면, 로세티는 이야기시와 대화시의 전통을 이어받아 더욱 폭넓게 시의 리듬을 구성한다. 여성적인 자질이 체념과 인내와 동의어로 간주되던 빅토리아조를 살면서 로세티는 그 특유의 발랄하고 도발적이면서 무구한 시선으로 삶의 기쁨과 좌절, 이 세계를 살아가는 인간이 겪는 감정과 사유의 결을 실험적인 형식으로 다채롭게 그렸다. 같은 해 태어나 대서양을 마주하고 비슷하나 다른 공간을 살아간 동시대 두 여성 시인의 절박한 목소리는, 19세기 다른 어떤 매체가 아니라 시라는 언어의 형식으로 자기 존재에 관한 절대 절명의 질문을 끈질기게 반복하는 참으로 진귀한 지적인 풍경을 겹쳐 보여 준다.

소설에 비해 당시 시는 위험하고 불온한 문학 형식이었고, 제 자리를 얻기 힘든 불안한 매체였다. 지금도 마찬가지 아닌가. 시의 자리는 늘 죽음 혹은 가장자리와 맞닿아 있지 않은가. 여기에다 당대 문학 지도에 이름을 새겨 넣기 힘든 여성이라는 존재 조건을 두 시인 모두 누구보다 자의식적으로 예리하게 인식하고 있었다.

에이드리언 리치(Adrienne Rich)는 19세기 '여성스러움'의 이데올로기와 여자다운 감성의 관습을 훌쩍 뛰어넘어 시를 쓴 시인으로 미국의 에밀리 디킨슨, 『오로라 리(Aurora Leigh)』를 쓴 영국의 엘리자베스 배럿 브라우닝(Elizabeth Barrett Browning), 그리고 로세티를 꼽고 있다. 나는 여기에서 '여성스러움'의 이데올로기에 선을

긋기보다는, 여성스러움의 감성이나 이데올로기가 어떤 방식으로 질문되고 도전되고 창조적으로 전유되는지 시인들의 시를 읽으면서 들여다보는 것도 흥미로운 독서 경험이 될 것이라는 말로 대신하려 한다.

어떤 시인도 시인이 교육 받은 문학 전통이나 당대 문학장의 관습과 완전히 결별하고 시를 쓰지는 않는다. 하지만 위대한 시인은 그 문학장을 거슬러 목소리를 낸다. 특히 로세티를 읽을 때는 낭만주의 전통에서 이야기되는 죽음과 상실의 문제, 사랑과 일상 언어가 시의 언어로 만들어질 때 독특하게 감각되는 시의 리듬 등을 함께 눈여겨보며 느끼면 좋겠다.

영시에서 익숙한 이름임에도 다른 남성 시인들에 비해 단편적으로만 소개되어 못내 아쉬웠던 로세티의 첫 목소리가 이번 번역을 통해 우리 독자들에게도 새롭게 발견될 것이라 믿는다. 혹 크리스티나 로세티 시 세계의 넓은 면을 하나의 시집에서 다 보고 싶어 한 독자가 있다면 이 한 권의 시집으로 그 갈망이 한 번에 다 채워지지 않겠지만, 19세기 영국의 가장 특별한 여성 시인으로 평가되면서도 부분적으로만 알려졌던 로세티의 첫 시집을 이번 기회에 온전히 접하는 것으로 그 불만을 잠재워 주시리라 믿는다.

이 시집을 번역하는 데 시간이 오래 걸렸다. 중간에 연구년으로 해외에 나갔다 왔고, 팬데믹을 만나 유례없는 세계의 변화를 보면서 로세티라는 여성 시인의 탄생과 성장에 대해서도 여러 겹의 렌즈를 갈아 끼웠다. 시인이 고투한 여러 현실적인 문제들, 집안의 몰락, 신경쇠약, 폐결핵, 협심증, 암 등 육체적인 질병 외에도 사랑과 결별, 영성적인 심성을 읽어 나가면서 옮긴이의 감각도 여러 번 엎치락뒤치락, 오르락내리락 했고, 우리말의 결도 그에 따라 바뀌었다.

우리말로만 읽어도 의미 전달이 어렵지 않은 시들을 엮으며 영어와 한국어를 함께 배치한 이유는, 영어와 한국어의 다른 결을 찬찬히 비교하여 읽으며 감각이 언어화되는 과정을 독자도 함께 느꼈으면 하기 때문이다. 여성 시인으로서의 예민한 문제의식이 언어적 완결성 안에서 아름답게 녹아든 시인의 첫 시집을 처음으로 번역한 기쁨이 커서 번역 뒷얘기를 이리 길게 늘어놓는다.

우리 시절에 시의 자리는 자주 오해받고 잘못 기입된다. 시가 무엇을 하는가 하는 질문 속에서 시는 자칫 무의미한 놀이거나 손쉬운 위무나 타협의 장으로 전락하곤 한다. 쉽게 답을 주기보다는 살아가는 삶의 문제들, 한 개인이 세계와 맞서는 과정에서 얻는 유혹과 싸움과 고단함과 위로와 연대의 여러 풍경을 끈질기게 고민하고 아름다운 영어로 감각하게 해 준 시인 크리스티나 로세티에게 우선 고맙다.

그 고마움 때문에 영어의 리듬과 결을 최대한 손상하지 않고 자연스러운 우리말로 되살리고자 애썼지만 미처 매끄럽게 다듬지 못한 부분도 있을 것이다. 고맙게도, 영어와 한국어를 오갈 수 있는 자유로움과 시의 언어를 매만지고 품는 참을성을 공부 길에서 배운 역자지만, 번역은 매일 질문하고 매일 넘어지는 고단한 일이다. 만족감은 멀기만 하고 늘 빈 구석이 있고, 마침표는 편집팀의 재촉이 찍어 준다.

그래도 어려운 시절에 시로 만나는 독자들이 있어 감사하다. 이 시집, 로세티의 마지막 시편에서, "봄이 피어날 거예요, 지금 얼음 언 곳에서"라는 굳건한 믿음을 다시 한번 독자들에게 전하고 싶다. 어디서 왜 시작했는지 모를 생을 시작하는 우리는 무엇이 끝났는지도 모르게 끝나는 삶을 산다. 매일 애써도 매일 허망하게 무너지는 하루다.

하지만 그 먼 옛날 시인 로세티가 힘겹게 겨루어 낸 세계 속의 아름다운 목소리는 지금 여기의 우리에게도 생생하게 도달하지 않는가. 먼저 살아 먼저 아팠고, 먼저 살아 먼저 애썼고, 먼저 살아 이 세계가 선사하는 기쁨을 먼저 누렸던 시인의 말을 매만지며 행복했다. 로세티의 아름다운 시집을 민음사 세계시인선 50번으로 낙점하여 참을성 있게 기다려 주신 편집팀 식구들에게 이 자리를 빌려 특별한 감사를 전한다. 모든 것이 잘 마무리되리라는 믿음으로 하루하루를 살며 글로 시로 세계를 잇는 사람들, 그 정원에 얼음 딛고 핀 향기 가득하길.

세계시인선 50   고블린 도깨비 시장

1판 1쇄 찍음 2021년 9월 20일
1판 1쇄 펴냄 2021년 9월 25일

지은이   크리스티나 로세티
옮긴이   정은귀
발행인   박근섭, 박상준
펴낸곳   (주)민음사

출판등록 1966. 5. 19. (제16-490호)
주소   서울시 강남구 도산대로1길 62
            강남출판문화센터 5층 (06027)
대표전화 02-515-2000 팩시밀리 02-515-2007

www.minumsa.com

ⓒ 정은귀, 2021. Printed in Seoul, Korea

ISBN 978-89-374-7550-4 (04800)
        978-89-374-7500-9 (세트)